飯山登

飯山登詩集

東京図書出版

はしがき

雪国暮らしが長い私にとって、これらの詩は、鼻風邪みたいなものだ。そんな鼻風邪なら、ただ寝てさえいれば楽になろうが、現実の暮らしとなると、そうもいかない。ただ寝ていたのでは、あれこれ暮らし向きを案じて、ますます心細くなるばかりだ。せめて――男は、性懲《しょうこ》りもなく、黄ばんだ紙に絵空事《えそらごと》を書き綴《つづ》り（「モヤサム」より）――そんな独白を綴っては、我と我が身を慰めるまでだ。

もっとも、それとて一時《いっとき》の気休めに過ぎず、結局は、我と我が身に対するごまかしなのだが……そしてこのごまかしは、おそらく私の罪だろう。

と云《い》って、私は、今さらこの罪を償おうとは思わない。詩を綴りながら、徒《いたずら》に歳をとってしまったせいか……それとも、もともと私が、そんな殊勝な心掛けの人間ではなかったということか……しかし、それも今となっては、もうどうでもいいことだろう。ここにきて、私の罪は、我と我が身の内にようやく納まりをつけたようだ。

これらの詩は、鼻風邪みたいなものだ。私がそう望んだからといって、決して現実の暮らしの埋め合わせになるようなものではない。ましてや、罪の償いになど、なろうはずもない。そんな詩を、一冊の本に纏《まと》めて残そうというのだ。つまり、私の罪は暴露《あば》かれるというわけだ。
挿画《そうが》の方は、不養生《ぶようじょう》がたたって鼻風邪をこじらせたようなもので、まったくのお笑い種《ぐさ》、それこそ罪の上塗《うわぬ》りにもならないだろう。

令和五年　雪解けの候

飯山登詩集◇目次

はしがき　1
ひと冬の後　7
一　オホーツク　9
二　古都　20
三　故郷　32
四　モヤサム　45
同朋讃　63
一　命はあらたまり　65
二　夕に寄せて　73
三　穏やかな朝　80
四　港市夜話　88
五　午後三時の時を告げる　96

六　残影　104

夏の年と冬の年　115

一　夏の年と冬の年　117
二　せめて道端に立ち止まり　127
三　あしはらの　136
四　今日、新しい指輪を買いに　143
五　クリスマスローズ　152
六　見えない海　160

地名考　171

一　ヒロシマのための五章　173
二　おまえが一株の新しい根だということは　181
三　深津島山　191

四　母なるものの深い憐れみのうちに　199
五　物真似カケス　218

ひと組づつ　227

I
一　芥子粒を届ける　229
二　苗床を耕す　239

II
一　野の花　246
二　春によせて　254

III
一　夏の日々　263
二　冬の日々　279

IV
一　長い列に並んだ新たな春は　295
二　長い列に並んだ老いた秋は　306

あとがき　318

ひと冬の後《のち》

一　オホーツク

オホーツク

この海に抱かれる町
浜には
海藻《かいそう》や流木や漁網の切れ端に混じって
樺太や千島列島の生活ゴミが流れ着く。
打ち寄せる波とともに
ここでは、すべてが海からもたらされる

繰り返される波
永劫《えいごう》のいとなみ

ひと冬の後

人は、ふと頬杖をつき、耳を澄ます。
広大な残響《げんしょ》の海原——そこに
原初の波音《なみおと》を聴こうとして

ひと冬の後
浜に打ち上げられた逸《はぐ》れ氷を残し
流氷は北へ去り
海が明ける

四月
海神《かいじん》の吐息は、夜明けの浜へ揺りあげ
たゆたいながら、すべてを圧《お》し包んでゆく。
漁港も、低い家並みも、山裾の麦畑や牧場も
暖かな海の霧に包まれて、白く煙る。
海神の吐息に触れて

冬枯れた人の心もまた、春の息吹《いぶき》にみたされてゆく

路傍《ろぼう》の残雪を割って咲く福寿草《ふくじゅそう》
このささやかな花のように
なにげなく見過ごしてきたものがある。
人は誰も
そんな、たった一輪の花を探すために
時として、来た道を引き返してゆく

おまえがはじめて、軽い会釈を返してくれた
あの日
芽吹き初《そ》めた落葉松《からまつ》の並木は、麗しい列柱《れっちゅう》となり
晴れ渡った五月の空の彼方へとつづいていた。
その長い回廊の片隅に腰をおろし
ウィルタの老いた祈禱師《シャーマン》は

雌雄同体の蝶――の伝説を語りはじめた。
そして、おまえは
戸惑いつつも、その言葉に耳を傾けていた。
やがて、遠い回廊の果てで
羽化したばかりの蝶が、ふいに飛び立っていった

幼い日
空には蝶の道がある――と、信じていた。
蝶を追って飽きることのなかった日々
　夕映え――あの朱《あか》い大結晶が鮮やかに崩れ去るとき
子供らは、生きることも死ぬことも畏《おそ》れず
ただ無心に、風の岬から駆け出していった
蝶の道――その、強大な勢いで広がりつづける空間を
子供らは、足跡も残さず、振り返りもせず
　蝶の影を追って、どこまでも走りつづけた
この果てもない影踏み鬼ごっこの明け暮れのうちに

ぼくらは、子殺しの季節を、かろうじてやり過ごした

そして、今
風の浮き島が
ぼくらの胸先《むなさき》をかすめて飛び去ってゆく。
初夏の眩《まばゆ》い光のなかで化身したものの目には
地上に残された、ぼくらの足跡が
いかに奇妙な忘れ物と映るだろうか。
風に渡りあるく鎮魂《ちんこん》の浮き島——
ぼくらは、ただ路傍にたたずみ
もはや、その影を追うこともない

風にさまよう島を、おまえは夢見た。
その夜、ぼくはなぜ
いつにない胸さわぎを覚えたのか。

奥まった戸口のうちで
浮き島の伝説は、ひとかけらの慰めもなく語られる。
——島に棲《す》む鬼女《きじょ》は、月に憑《つ》かれてそぞろ歩く
痩せた指で人を差し招き、血の色の唇で死命《しめい》を囁く
百年のあいだ、子を孕《はら》みつづけているゆえに——
風にさまよう島を、おまえは宿した。
その夜、ぼくは畏《おそ》れつつ
奥まった戸口の、重い扉を推《お》し開けた

オホーツク

それは、ぼくらの郷愁
——かつて、少年の童貞の疼《うず》きは
滄《あお》い海の波間に、あてどなく漂い
少女の処女性の銀の鎖は

　人魚の胸に抱かれて、水底《みなぞこ》深く眠りつづけた——
それはまた、遠い含羞《がんしゅう》の記憶

夏の海は
まるで見果てぬ夢のように眩《まぶ》しく輝き
今も、ぼくらの心を誘《いざな》う。
あの日、子供らは灼《や》けた砂を踏みしめて
波打ち際《ぎわ》へと一散《いっさん》に駆け出していった。
寄せては引く絶え間ない波のいとなみ
その、せめぎあう境界へと
子供らは、そこに、砂の城を築いた——
　灼けた砂にひざまづき
波に洗われ、崩れ去ることも厭《いと》わず
見果てぬ夢を、その手に形づくるとき
　子供らは、いつしか無心な境界者《きょうかいしゃ》となっていた
それから、どれほどの夜々を

ぼくらは、見果てぬ夢に魘《うな》されつづけてきたのか。
束《つか》の間《ま》の砂の城は崩れ去り
再び築かれる明日とてないままに
この、せめぎあう境界にたたずみ
今、ぼくらは
遠く鳴りやまぬ潮騒《しおさい》に、死の予兆を聞き
潮の匂いに、ほのかな命の残《のこ》り香《が》をかぐ

夜の海
立ち昇る命の残り香は
やがて、ひとつの島に降りそそぐ。
そして鳴り止まぬ潮騒は、ぼくらを
その想像の孤島へと誘《いざな》いつづける。
とある朝
ぼくらの視界をかすめて、一羽の鳥が飛び去る。
許されて、孤島へと渡る鳥

「あの鳥の故郷は空、それとも地上、それとも……」

鳥の姿を見送りながら、おまえは、ふと呟《つぶや》く。

「それとも、なに……」

ぼくは、聞くともなく聞き返す。

「それとも……海……」

降り注ぐ命の残り香は
やがて孤島の森に、青い果実をみのらせる。

いつ熟すとも知れぬ、その果実だけが
許されて島へ渡るものの、命の糧《かて》となる

揺落《ゆらく》の秋《とき》
果樹園の微《かす》かな息づかいのなかで
採り残された果実は、人知れず熟《う》れてゆく。
やがて訪れる私《ひそ》やかな落果
それは、自《みずか》らの重みに耐えつづけたものの終焉《しゅうえん》
あるいは、自らへの軽やかな回帰

落葉松の疎林《そりん》を抜ける虎落笛《もがりぶえ》
雨は、夜更けとともに雪にかわり
冬は、ためらいもなく訪れる

オホーツク

この海に抱かれる町
バス停にひとりたたずむ人のほか
道ゆく人らは、みなひどく急ぎ足だった。
裏通りの飲み屋で
「流氷かい……長年ここで暮らしてりゃ
　接岸する夜は、気配でわかるもんさ……」と
亭主は、あたりまえのように語った

蒼《あお》い月の光に凍り
引き絞《しぼ》られた弓は、音をたてて折れる

夜の浜辺
波に洗われる渚《なぎさ》には
埋もれかけた無数の足跡
「こうしていると、感じるの……」
その私《ひそ》やかな心の浜辺にたたずみ
おまえは、ふと呟く
「波は、寄せるよりも、ずっと強い力で引いてゆく……」と。
果てしない生死《しょうじ》の海へ
すべてを連れ去るかのように

二　古都《こと》

古都

大和瓦《やまとがわら》のくすんだ屋根の下に暮らし
湿っぽい縁《えん》の下《した》を覗《のぞ》き込めば
木端《こっぱ》や石ころに混ざって
千三百年の歴史がころがっている

春ともなれば
平城宮跡《へいじょうきゅうせき》は、見渡す限りの緑の叢《くさむら》となり
あちこちで雲雀《ひばり》が囀《さえず》る

夜半《やはん》に降りだした地雨《ぢあめ》が
草の花の種を、しめやかに潤《うるお》してゆく。
地中の迷宮《めいきゅう》のうちで
無数の幼い手は
固く閉ざされた青銅の扉を推《お》しつづける。
闇に向けてする、その手のいとなみが
光の全《まった》き重みを悟らせてゆく。
やがて春の日溜まりに、花ひらくために
　――草の花は、ささやかな夢をもたげて咲き匂い
　　人は誰も、ふと無心な子供にかえって
　　　その一輪の淡い夢の前にしゃがみこむ――
光の全き重みのなかで
いつしか青く錆色《さびいろ》に変じてゆくものの姿を
幼い記憶の底に刻み付けながら

どんな奇《くす》しい謂《いわ》れがあるものやら
駅前の交差点は、「尼ヶ辻《あまがつじ》」と呼ばれている。
それにしては猥雑《わいざつ》な、この街並《まちな》みのなかで
若い楡《にれ》の街路樹だけが、妙《みょう》に涼しげに感じられる。
遅い春の気《け》だるい日脚《ひあし》は、徘徊《たちもとお》りつつ
交差点の雑踏を、物憂《ものう》げに横切ってゆく

ここ、菅原町界隈《すがはらちょうかいわい》の子供らは
天神様と、行基菩薩《ぎょうきぼさつ》に見守られて育つ

明け方から降りつづいた雨が、ふいに途切れ
どんよりと垂れこめた雲間から、初夏の日差しが漏れてくる。
菩提樹《ぼだいじゅ》の黄金《きん》の花房《はなぶさ》にとりついたハナムグリは
雨滴《あまつぶ》を宿した羽蓋《はぶた》をコバルトブルーに輝かせ
芳《かぐわ》しい木斛《もっこく》の梢《こずえ》に一羽残された椋鳥《むくどり》は

甲高《かんだか》い一声《いっせい》を残して、群れの許《もと》へと飛び立ってゆく。
そして子供らも
この梅雨の晴れ間のひとときを待ちかねたように
薄暗い部屋から、眩《まぶ》しい日差しのなかへ駆け出してゆく。
しとどに濡れた庭を横切り、馴染みの小路《こうぢ》へ
庭の甃《いしだたみ》を伝い歩くことも、路上の水溜まりを迂回《うかい》することも
まるで子供らの本意ではない。
小路を経て、たゆたう光の踏み分け道へ
足掛かりさえない、その踏み分け道を辿《たど》ることが
許された唯一の意思であるかのように

夏椿《なつつばき》の花を散らして
梅雨明けを告げる最後の驟雨《しゅうう》が通り過ぎてゆく。
若い青桐《あおぎり》の実を落として
子供らは、秋篠《あきしの》の川面《かわも》に小さな舟を浮かべる。
普段は生活ゴミのしがらむ、澱《よど》みのような街中《まちなか》の川も

この季節ばかりは
濁った川水が、早瀬となって流れくだってゆく。
——あを馬の　猛《たけ》る背に乗り
朝川《あさかわ》くだる
この流れ　絶ゆることなく——
波の背に弄《もてあそ》ばれる舟影《ふなかげ》を追いながら
子供らは、どこで習い覚えたものやら
そんな故京《こきょう》の童謡《わざうた》を口ずさむ。
——あを馬の　猛る背に乗り
夕川《ゆうかわ》くだる
この流れ　戻ることなく——
普段は澱むことばかりが多い街中の川を
蒼《あお》い馬群《ばぐん》が、束《つか》の間《ま》に駆け去ってゆく

「ならまち」の袋小路《ふくろこうぢ》で
「平城京の官寺《かんじ》の仏塔でっさけェ、そらァ立派なもんやったそうで……

ただ、例の平家の南都攻《なんとぜ》めの折《おり》に、兵火《へいか》で燃え落ちましてなァ……」
そんな大昔のことを、土産物屋の主人《あるじ》は
ついこの間《あいだ》のことのように話すのだった。
町屋《まちや》の低い軒下には、鉢植えの朝顔
寺の築地《ついぢ》沿いには、刈り残された盗人萩《ぬすっとはぎ》
「世が世なら、ほれ、ちょうどあの辺りに拝めましたんや……
南都随一と謳《うた》われた、そらァ見事な、七重《しちじゅう》の大塔《おおとう》がなァ……」
主人、わざわざ店の軒先に出て、虚空を指差してもみせた。
「長いこと、ここに暮らしとりますとな、あのなんも無いとこに、
時にふっと、見たこともない塔の姿が、浮かびあがってきますんや……」
ぼくらが、眩しげに夏空を見やると
「ほんま、阿呆《あほ》らしいこって……」
件《くだん》の主人、なにやら満足げに、そう呟《つぶや》いたものだ。
百日紅《さるすべり》の花が咲く寺の境内《けいだい》の片隅
馬酔木《あせび》の潅木《かんぼく》に囲まれて、塔跡は苔むしていた。
方状《ほうじょう》に残る礎石の周りを、ぼくらは
無くし物をした人のように巡り歩いた。

かつてそこにあり、今もあるはずの塔――
そんな無くし物を、心の虚空に浮かびあがらせようとして

――倭《やまと》は　国のまほろば
たたなづく　青垣
山ごもれる　倭し美《うるわ》し――
思国歌《くにしのびうた》は、過ぎた夏の日の思い出

学校帰り、子供らは
鎮守《ちんじゅ》の森へ椎《しい》の実を拾いにゆく。
秋祭りが終る頃、椎の実は熟す。
そういえば、今年の田植え時分
鎮守の椎の木は無数の花穂《はなほ》を垂れ、甘く香ったものだ。
すると――子供らの甘い期待は、裏切られるだろう
今年は、椎の実の生《な》り年《どし》ではないのだから。

拝殿《はいでん》わきのガマズミの実も、今はまだ酸っぱすぎる。
ガマズミの実は、霜にあたるごとに甘味を増し
椎の実は、ひと冬を越して、二年目に熟す

古都

古墳《こふん》の傍《かたわ》らに、人の営みがある。
彼岸花《ひがんばな》の咲く土手《どて》堤《つつみ》
垂仁陵《すいにんりょう》のわきを通って
買い物にもゆき、私鉄駅にもゆく

夕暮れの雲は、残照《ざんしょう》をこめて紫に染まり
西の山並《やまな》みをさして、遙《はる》かに流れ去る。
秋の木葉《このは》にやどる、とりどりの色彩は

ぼくらを包み込んで、麗《うるわ》しく燃え立つ。
この色彩の空間に
一群《ひとむれ》の蒼《あお》い馬は、忍びやかに駆けめぐる。
　――皇《みかど》の墓の眠りを暴露《あば》き
　　后《きさき》の墓の眠りを暴露き――

一群の蒼い馬は
とある日の、皇と后を、その背に乗せて
まだ見ぬ夢の河を渡る。
そして、ぼくらはひとつになり
互いの息づかい、また
温もりに触れ合おうとする。
渡河《とか》の水音《みなおと》は、心を波立たせ
ぼくらは、いつしか燃え立つ色彩となり
翻《ひるがえ》る木葉を離れて、高く舞いあがる。
この色彩の空間に、夢の雫《しずく》を振りまいて
一群の蒼い馬は、忍びやかに駆けめぐる

陰陽師町《おんみょうじまち》から、恋《こい》の窪《くぼ》へ抜ける裏路地
道沿いに残る明治の洋館
小春日《こはるび》の日差しのなかで、廃屋《はいおく》は朽ちてゆく。
その苔《こけ》むした壁に這《は》う、色づいた蔦《つた》の葉だけが
かろうじて光の全《まった》き重みに耐えつづけている。
そして、人の心に絡《から》みつく思い出もまた
そんな、朽ちてゆくものを寄《よ》る辺《べ》として息づく。
秋《とき》に、人知れず紅《あか》く燃え立ちながら
【私有地ニ付　立入ヲ禁ズ】（立札《たてふだ》・朱書《しゅがき》）

花神《かしん》の袖《そで》は、そよと翻《ひるがえ》り
隣家《となりや》の山茶花《さざんか》の生垣《いけがき》に触れてゆく。
猫は縁先《えんさき》で、ふと耳を震わせ
花弁《はなびら》は誘われて、路上に零《こぼ》れ散る

日はすでに二上山《ふたがみやま》の端《は》に沈み
裸の欅並木《けやきなみき》は、寂寥《せきりょう》として黄昏《たそがれ》てゆく
その痩せた枝ごとに、暮れなずむ冬空を一身《いっしん》に支えながら。
この並木の外《はず》れで、子とりの婆《ばば》が待ち伏せる。
まだ遊び足りない子供らも、それぞれの家路《いえぢ》を辿《たど》る
「さいなら……さいなら……」
互いに手を振りながら
「さいなら……さいなら……」
何かしら遠く言い交わすように——そう
子供らにとって、今日という日は飽きるほど永く
明日という日は、遙《はる》かに遠い
そして、明日になれば
昨日という名の今日もまた、遙かな日となる。
一陣《いちじん》の乾いた風が、欅の梢《こずえ》を鳴らして吹き過ぎてゆく
この風の吹き尽きるあたりで、子とりの婆が待ち伏せる。
痩せた蒼い月は、はや中天《ちゅうてん》に掛かり

いびつな影法師が、子供らに忍び寄る。
その飽きるほど永い今日という日を、奪い去ろうとして

三　故郷《ふるさと》

故郷

藪椿《やぶつばき》に囲まれた積木《つみき》のような社宅と
あたりまえに臭う腐ったドブ川と
川端に根を張る年旧《としふ》りた非時《ときじく》の木
それに、甘い国訛《くになま》りの言葉
「ほんま、しょうのない子じゃねェ」
「まづァ、恥ずかしいこっちゃのォ」
「ほんでも……まあ、昔から、子は宝じゃ云《ゆ》うけェなァ」
「そうじゃ……恥ィかかいで、まともな年《とし》ァ拾えんけェ」

臨海地の大製鉄コンビナートの火は
冬の夜空を赫々《あかあか》と染めあげ
いつの頃からか、少年は
凍《い》てた窓に凭《もた》れ、その不滅の灯《あか》りを見つめていた

遠い記憶の反照《はんしょう》――
愛しながら、それでいて拒みさえする
人は、そんな強いられた思いのままに
皺《しわ》を刻んだ顔で、おもむろに向き直る。
永いひと冬を経た、和解の時

雨あがりの夜明け
無造作に茂った藪椿の垣根《かきね》から
なんの前触れもなく
褪《あ》せた血の色の花がひとつ、はらりと零《こぼ》れ散る。

母の濡れた口紅《くちべに》の色

死を封印したはずの墓穴《はかあな》から
どうしたはずみか、あくがれ出た鬼は
浮世《うきよ》の迷子の成《な》れの果《は》て。
「ほらほら、迷子の鬼さん、こっちこっち……」
やさしく手招きする母《かあ》ちゃんの
笑みを含んだ唇の
その、ぬらぬらと血のように赤いこと。
たちまち小僧は泣きっ面《つら》。
おやおや……と、鬼の苦笑《にがわら》い。
蒼白《あおじろ》い手で、小僧のおつむを撫でさすり
耳元で、そっと囁《ささや》いた。
「よしよし、坊主よ、そう憤《むずか》るな……
お前もわしも、はずみで生まれた迷子じゃで……」
ただ、哀《かな》しいかな

小僧ごときに、慈悲深《じひぶか》い鬼の心は通わない。
再び宿る母胎《ぼたい》のあらばこそ——
小僧は罪な大泣きだ。
やれやれ……と、またもや鬼の苦笑い。
そそくさと立ち去る、その背中《せな》に
「あらあら、迷子の鬼さん、何処《どこ》ゆくの……」
母ちゃんが掛ける、その声の
甘く縋《すが》りつくような切なさよ

静かな日曜日
うらうらと春の陽《ひ》が注ぐ藪椿の垣根を
ふと翳《かす》めて、過ぎてゆく暗い人影《ひとかげ》

その子は、「ボウ」と呼ばれていた。
棒きれのように痩せて、うすのろで、無口で垢染《あかじ》みた顔には、笑い泣きの表情を浮かべていた。
ボウの周りには、いつも
怯《おび》えて拗《す》ねたような空気が纏《まと》わりついて
見る者を、みょうに苛立《いらだ》たせた。
哀《あわ》れ――
同じボウどもが、一本のボウを蔑《さげす》んだのだ。
それは、自《みずか》らを蔑む身代《みが》わりに――
「この絵は、めったに人に見せられん、恐ろしい代物《しろもん》じゃ。
なんせ、人間の生き血を混ぜた泥絵具《どろえのぐ》で描《えが》いとるでのォ……」
エロ・グロ・ナンセンスと、ほろ苦い水飴《みずあめ》が売りの
紙芝居の爺さんから、そんな口上《こうじょう》を聞かされた日
ボウは突然、行方知れずになった。
他のボウどもはというと、水飴の軸《じく》を咥《くわ》えたまま
言いようのない後ろめたさを覚えていたのだった。
「じゃが、このこたァ、くれぐれも他言無用《たごんむよう》にのォ……」
翌朝、溜池《ためいけ》の樋門《ひもん》に引っ掛かって、ボウの骸《むくろ》は浮かんだ。
残ったボウどもの目の奥に、無様《ぶざま》にもがく姿を映し

耳の底に、恨《うら》めしげな、か細い悲鳴を残して
「見たり聞いたりしたことを、もし一言でも口にしたら
おめェさんらに、どげな災《わざわ》いが降り掛かるやも知れんで……」

真夏の陽射《ひざ》しがつくる影法師
漆黒《しっこく》の揚羽蝶《あげはちょう》は、いつも
不意に、少年の視界を翳《かす》め
　束《つか》の間《ま》——
　じっと見守る少年の周りを
　不安げなほど自由に舞い
　　　——やがて
あの高い藪椿の垣根を
いとも軽々と越えて飛び去っていった。
少年の心を誘《いざな》いつつ

ある夏の日
少年は、庭の山椒《さんしょう》の木で羽化する烏揚羽《からすあげは》を見た。
少年の隣には、いつもの幼馴染《おさななじ》みの少女がいて
ふたりは顔を寄せ合い、息を潜《ひそ》めて、その様子を見守った。
羽化した蝶の、初めての羽ばたき
未熟で、このうえもなく無垢な、その羽ばたきが
虚空の、ほんの片隅を捉《とら》えた刹那《せつな》、蝶は
無辺《むへん》の虚空へと誘《いざな》われ、ためらいもなく飛び立っていった。
幼い日のその記憶は、少年への予告だった。
少女の大人びてきた横顔を、ふと垣間見《かいまみ》た日
少年は窓に凭《もた》れ、愛の歌を口ずさんだ。
煤煙《ばいえん》と汚水と騒音を撒き散らして燃える製鉄コンビナートの
不滅の灯りを夜空に眺め
腐ったドブ川の臭いがする澱《よど》んだ夜気《やき》を胸に充《み》たして
初めての愛の歌を——

『子供の頃
空には蝶の道があると信じてた

わけもなくね
今　きみへの思いも
ぼくには　わけさえないんだ……』
深夜ラジオから流れるその歌の、詞《ことば》の意味さえ
少年にはわからなかった。ただ、香り立つメロディーとともに
その愛の詞が、ふと口を吐《つ》いて出てきた刹那、少年の心は
いとも軽々と、虚空に浮かぶ高い垣根を越えていた。
初めて心のままに──そう
少年は、あの予告の意味に気付いていた。
無辺の虚空へと飛び立ったものの、次からの羽ばたき
その羽ばたきが、いかに不安への慄《おのの》きを秘めたものか──

藪椿の垣根の向こうは
ドブ川に突きあたる袋小路《ふくろこうぢ》で
時折、見知らぬ人が迷い込んで来ては
また、そそくさと引き返して行った。

どん詰まりの川端には
役立たずの非時《ときじく》の大木が
素知《そし》らぬ顔で枝を張っていた。
袋小路に残された、タバコの吸い殻《がら》

男はいつも、朝早く社宅を出て、夜遅く帰って来た。
妻の実家が経営する小さな会社に勤めていたが
営業を一手《いって》に任され、気の休まる暇《いとま》とてなかった。
外様《とざま》である男には、外様ゆえの悩みと自負があった。
ふた親を少年の頃に亡くして、辛い目を見たせいか
男は、なにか卑屈《ひくつ》なほど世間の目を気にしていた。
そんな自分を隠すため、肩肘《かたひじ》を張って生きていたのだ。
思えば、男はやさし過ぎたのだろう――たとえ
男自身が、そんな自分を愛し、かつ憎んだにしても。
そんな男の背広は、タバコの臭いがした。
川端の非時の木の下で、一本のタバコを吹かすのが

いつの頃からか、出勤前の男の日課になっていた。
妻と諍《いさか》いをした後や、肩肘を張るのに疲れ切った夜も
その木を仰いで、ぽつねんとタバコを吹かしていた。
非時の実の生《な》る日を、男はじっと待ちつづけていたのだ。
苦労知らずの息子がふたりいて、その甘ったれどもに
男は、非時の熟れた実を採ってやりたいと願った。
まだ見たことのない、その果実を——
妻を亡くした日、もう男には肩肘を張る理由もなかった。
「母さん、しまいにゃァ、なんも喉を通らんでのォ
……ただ、好きなリンゴを擂《す》り下《お》ろしてやったら、
ひと匙《さじ》口にして、『ああ、気分が好《よ》うなったわァ』
そう言《ゆ》うて、ちょっと笑《わろ》うてくれてのォ……」
こう息子たちに話すと、死んだ妻を真似て微笑んで見せた。
そして、妻のために買ってあったリンゴの皮を剝《む》いて
ひと切れ口にし、息子たちにもひと切れづつ与えた。
甘ったれどもも、すでに妻子持ちだったが、その日
じっと待ちつづけてきた男の願いは、叶《かな》えられたのだ。

父なるものの、その果実となって――

故郷《ふるさと》

「兄《あん》ちゃん……屋根の巣から、雀《すずめ》ん子が落ちとるで」

「んで……もう死んどるんかァ」

「いんにゃ、まだ目だけは動かしおる」

「ほォか……死んだら、椿の根元ん埋めちゃれェ」

「こん前の、蝙蝠《こうもり》の子の隣でええん」

「おお……イタチに悪さァされんように、深《ふこ》う掘ってのォ」

弟は、雀の子を両の手に捧げ持ったまま
まるで祈るように、その命の終りを待った。

初冬の淡い夕影《ゆうかげ》のなかに
藪椿の垣根は、暗く明るく佇《たたず》んでいた

遠い記憶の反照──
故郷からつづく道に、長い影を曳《ひ》きながら
人は、はて
どこへ歩いてゆくのか

それは、小さな手だった。
愛すべきその手は、いつも
拒《こば》まれることを見透《みす》かしたように
道ゆく私の手のなかに、すっと潜《もぐ》り込《こ》んできた。
そして私は、知らず知らず
その、ほの温かい手を、そっと握り返していたのだった。
今にして思えば──
小さな手の主《ぬし》は、幼い頃の私自身
そして私は、その時々
その小さな手に引かれるままに

共に、故郷からつづく暗く明るい道を辿《たど》っていたのだろう。
もっとも、私のしたことといえば
小さな手を、あまり強く握り過ぎないことと
幼い者の歩幅を、なるべく乱さないこと
せいぜい、そんなことくらいだが……
それにしても、なんとも有難迷惑《ありがためいわく》な道連《みちづ》れ——ただ
そんなちぐはぐな歩みも、そう長くはつづかなかった。
その小さな手はいつも、まるで気紛れに
ふっと、私の手を擦《す》り抜《ぬ》けていったのだ。
そして残された私は、なぜだか
繋《つな》いでいた手を、着古した上着の懐《ふところ》に忍ばせて
また自分の歩幅で歩いていった。
ふらりと故郷に舞い戻って
相も変わらず、あの藪椿の垣根に背中を凭《もた》せ掛けている
もうひとりの私を思い浮かべながら

四　モヤサム

海にへばりつくモヤサム

この寂《さび》れた港町に、少しばかりまともな職を得て
職安《しょくあん》のある町の駅から、函館本線に乗り
神居古潭《かむいこたん》の断崖を穿《うが》つ暗く長いトンネルを抜け
はじめて鳶色《とびいろ》の駅に降り立ったのは
湿っぽく薄汚れた、雪解けの季節

あの日
片道切符で訪れる者のために
出迎えの駅の鐘が鳴らされたと云《い》う。

ひと冬の後

ただ――いい歳《とし》をして
町から町へ流れあるく拗《す》ねた渡り鳥には
まるで覚えがないのだが……

鳴らされたはずの
そして、聞こえていたはずの
幻の鐘の音《ね》は
はて、何を告げていたのやら

うら寂びた駅に、鐘が鳴る。
その音には
澄んだ軽やかさもなければ
荘厳さのかけらもない。
なんとなく慌《あわ》ただしい駅の構内
しかも朝の通勤時間帯ともなれば

まづは、聞き流されるのが落《お》ちだろう。
無理もない
行き交う人は、みな
許された時と場のなかで
それに慣れ親しんで暮らしているのだから……
聞き流された鐘の音は
未練がましい余韻を曳《ひ》きながら
まるで素知《そし》らぬ顔をして
自らの場を押し広げてゆく
あるいは、時さえも超えて——
そんな鐘の音を
誰も、聞き得ない。
許された時と場のなかで
顔馴染《かおなじ》みの死に背を向け
見知らぬ生を夢見て暮らしているのだから……
やがて、鐘の余韻は消え
沈黙の虚《むな》しさに

人は誰も、はじめて駅舎を振り返る。
ふと、遺失物でも探す素振《そぶ》りで

駅を後《あと》にした者は
許されて——そう
まるで、あたりまえのように
海へと誘《いざな》われる。
ぐだぐだの雪解け道は
不似合いな歌を陽気に口ずさみ
どこか懐かしい潮《しお》の香《か》は
さも馴れ馴れしげな微笑《ほほえみ》を湛《たた》えて

若い土地の者ほど、地元のことを語りたがらない。
とある五月の休日
釣り好きの年下の上司は、もともと寡黙な性質《たち》だが

築港《ちっこう》の防波堤から釣り糸を垂らして
「モヤサムは、アイヌ語で『湾の奥』って意味でして……
昔は、鰊《にしん》の群れも、ここを目指して群来《くき》たそうです……」
めづらしく、そんな話をしてくれたことがある。
やっと長い冬を越して
穏やかな春の海に、心絆《こころほだ》されたせいもあろう

いざ話そうとすれば、つい昔語《むかしがた》りになってしまう。
そんな、どん詰まりの港町には
伝説の黄金のラッコや錆びついたロシア船
油染《あぶらじ》みた海藻《かいそう》や国籍不明の生活ゴミ
果ては、六日六晩《むいかむばん》海を漂い、ふやけきった水死体まで
そう望むでもなく
さりとて、あえて拒むでもない
そんなものばかりが、波とともに打ち寄せられる。
「おまえも、また――」

地獄坂《じごくざか》沿いの旧い借家の窓から
引き波のように寂れてゆく港町を眺めやって
何度《なんど》、そんな冷めた独白《どくはく》を
虚《うつ》ろな苦笑《にがわら》いに紛《まぎ》らしたことか。
なにを望むでもなく
さりとて、なにを拒むでもない
「――どなたにかはさておき、とりあえずは
この時と場が与えられましたことへの感謝の念を
小心《しょうしん》ゆえの苦笑いに代えて――」

「今度《こんど》の家は、眺めも風通しも好《い》いわ……」
旧い借家に引っ越してきた日
妻は居間の窓をいっぱいに開けて、そう呟《つぶや》いた。
そんな何気《なにげ》ない言葉を、なぜだか
この心の襞《ひだ》は、いまだに抱きかかえている

借家の家主は、富岡教会《とみおかきょうかい》の熱心な信徒で
ミサの日には、正装して地獄坂を降《くだ》ってゆく。
「まるで苦しみに、しがみついているような者もいて……
かく言うわたしも、そのひとりなのかも知れません……」
夏場に家賃を届けに行くと、庭先でそんな立ち話にもなる。
もっとも、これは
凝《こ》り性《しょう》の薔薇愛好家《ばらあいこうか》を皮肉ったもので、他意はない。
手間暇《てまひま》かけた家主の薔薇園は、無私の苦しみの所産で
なかでも最上の薔薇だけが、主日《しゅじつ》のミサの祭壇を飾る

「おまえも、また――」
これは、皮肉でもなく
ましてや、自嘲《じちょう》でもない
「――何かにしがみついているはずの借家人《しゃくやにん》――」

土地柄《とちがら》ゆえ
地獄坂を降りきり、於古鉢川《おこばちがわ》を渡ると
かつて、そこに
閻魔様《えんまさま》の旧居があったのだとか……ただ
このまことしやかな言い伝えも
だんだんに忘れ去られて
今は、そこに
小樽地裁《おたるちさい》の庁舎が建っている……ただ
それが却《かえ》って、よりまことしやかに
この土地柄を物語っているのだから
人の世は、なんとおかしなものか──
そんなだらだら坂を降り、また上り
家と職場を行き来する日々
それにも、やっと馴染んできた頃
はや、夏は過ぎようとしていた

町内の最後の夏草刈りが終り
於古鉢の川っぺりには
末枯《すが》れた虎杖《いたどり》の根株《ねかぶ》だけが残され
夏の名残《なごり》を惜しむかのよう。
めづらしく長続きした仕事は
どこか人探しに似ていて
尋ね人はというと
さしづめ、閻魔様のようなお方《かた》。
巷間《こうかん》あまねく流布された偶像《ぐうぞう》は
実は、大嘘《おおうそ》っぱち
ふと街中《まちなか》で擦《す》れ違《ちが》っても
これが、どこにでもいそうなひとで
つい見過ごしてしまいがち。
首尾《しゅび》よく巡り合うまでに
人生の夏のあらかたを費やして
気がつけば、もう秋の気配《けはい》。

「どうやら君は、世間の吐《つ》く大嘘に、まんまと騙されたらしいな……」
渋いバリトンで、言葉遣いも紳士的。
「しかしまあ、それも大したことではなかろう……人の世は、もともと大嘘だらけのものゆえな……されば、まづ安心して生きられよ……」
はて、冥府《めいふ》の主《ぬし》とも思えぬ言葉。
「それより、君が君自身に向かって吐く些細《ささい》な嘘を懼《おそ》れなされ……人間、自分を騙す些細な嘘は習《なら》い性《しょう》ゆえな……ただし、そんな嘘に騙されつづけると、君が君自身でなくなってしまう……川っぺりのあの末枯れた虎杖の根株すら、春にはまた芽吹《めぶ》くというのに……」
件《くだん》のお方は、別れしなに
この末枯れた根株に向かって
にやりと笑いかけ
「いいかね……くれぐれも、君自身にしがみつきたまえよ……」と
なんと、単純きわまりない——
世の中は、もともと

そんなものかも知れない。
家主に貰《もら》った薔薇の枝も
ただ庭の土に挿しておけば
一株《ひとかぶ》の新《あら》たな薔薇となる。
親株《おやかぶ》には及びもつかないが
それでも、秋の庭で
名残の薔薇は、白く微笑み
夕間暮《ゆうまぐ》れ、ひときわ香りたつ。
これは、花好きの妻の所産

ものぐさで、気難《きむずか》しい男と
几帳面で、やさしすぎる女。
ただの偶然なのか、それとも
何かしら縁あっての巡り合わせなのか
それは、今もってわからない。
ただ――どうであれ

共に人生の秋を迎えたことにかわりはない。
男は、性懲《しょうこ》りもなく、黄ばんだ紙に絵空事《えそらごと》を書き綴《つづ》り
女は、その日その日のつとめを、恙《つつが》なくこなしてゆく。
明日のことはさておき、とりあえずは

「今日も、夕焼けが綺麗ね……」
秋も深まる頃
居間の窓辺に立って呟《つぶや》く、そのひと言が
いつしか、妻の口癖《くちぐせ》になっていた。
世間並《せけんなみ》であれば、聞き流していいような言葉なのだが……

夕焼けは燃え立ち
空や海、港や神居古潭《かむいこたん》の断崖を厳かに照らし
そして、この世のすべてを
長靴工場の錆びたトタン屋根も、ナナカマドの赤い実も

アパートのベランダで主《あるじ》の帰りを待つ洗濯物も
人馴れしすぎた花園町界隈《はなぞのちょうかいわい》の烏《からす》も、掃き溜めの塵埃《じんあい》も
ひとしなみに、麗しく染めあげる。
街の商店街へ冬支度の買い物に出かける男と女もまた
そんな暮色《ぼしょく》に融《と》け入《い》るように
だらだらの地獄坂を、肩を並べて降ってゆく。
やがて——
落日の最後の照り返しは
男と女の人生にさえ、より厳かな陰影を投げかける。
もっとも……このふたりの足どりは
歳のわりに、思いのほかしっかりしている。
何かと物入りの季節——そう
たったひとりきりの男と、たったひとりきりの女
そんなふたりにとって
これから迎える厳しい冬、深い雪に埋もれての暮らしとは
とりあえずは、そういうことなのだろう。
都通《みやこどお》り商店街の、アーケードの入口で

「そろそろ、長靴を買い替えなきゃね……」と
女は、さもあたりまえのように言う。
いづれ雪が降りだせば、いかにものぐさな男といえども
家の周りの雪掻《ゆきか》きに追いまくられ、おまけに
男の履《は》く長靴は、左の踵《かかと》だけが妙《みょう》な耗《へ》り方をする始末《しまつ》。
世の中に、靴底ほど正直なものもないが――それを
共に人生を歩いてきた女は、先刻《せんこく》お見通《みとお》しのようだ。
寂れた商店街は、潔《いさぎよ》いくらいに店仕舞《みせじま》いが早い。
靴屋の包みを抱えたふたりが、シケたカフェを出る頃には
人通りの絶えたアーケードは、ただの秋風の通り道。
まだ黄昏時《たそがれどき》とはいえ、ふたりが地獄坂の家へ帰り着くまでに
夜闇《よやみ》は、この世のすべてを
やはりひとしなみに、暗く覆うことだろう

海にへばりつくモヤサム

春になれば――と
冬を迎えるたびに思ったものだ。
他でもない、この寂れた港町を出てゆく肚《はら》で……ただ
そんな冬を、これまでどれほど越してきたことか。
今また、冬を迎えようとしている。
ただし、こちらは人生の冬で
春になれば――と
まさか、そうもいかないだろう。
もっとも、これまでもそうはいかなかったのだから
ひょっとして、大した違いはないのかも知れない

「春まで、さようなら……」
庭では、妻がそんなことを囁《ささや》きかけながら
薔薇に冬囲《ふゆがこ》いをしている

ひと冬の後

人生の冬
そんな、ひと冬の後《のち》
片道切符で去る者のために
あの、うら寂びた駅では
見送りの鐘が鳴らされると云う。
はて、どんな音《ね》がするのやら

同《どう》朋《ほう》讃《さん》

一　命はあらたまり

夜明け　ひとは
それぞれに一時《いちじ》預《あず》かりのお荷物を担《にな》い、散ってゆく

胎蔵界《たいぞうかい》のしじまから
しばし娑婆界《しゃばかい》の喧騒《けんそう》に佇《たたず》み、おもむろに
だらだらの地獄坂《じごくざか》を上り、また下り
ひとえに人間臭い極楽寺《ごくらくじ》の切り通しを抜け
悪名《あくみょう》高い人生の活路《かつろ》とやらの、そのまた先へと

五月　名づけの季節

病院通りのポプラ並木は柔らかに芽吹き、木陰から
手招きする子とりの婆《ばば》は
「さんさあら……さんさあら……」と、呪文のように唱《とな》える。
かたわらの停留所で始発のバスを待つ人ら
実を言うと、連中ほかならぬ婆の名づけ子なのだが、かの呪文
彼ら流に言うところの「初歩のパスワード」

混みあうバスに揺られながら、思いは我知《われし》らず引《ひ》き籠《こも》り
呟《つぶや》き返す――「名は臍《へそ》の緒《お》か……」
それは、古びた桐《きり》の箪笥の引き出しの奥からする声
「……母胎より切り離された子を、再び繋ぎ留《と》めるための……」
婆の名づけ子たちは、駅前の雑踏に吐き出される。
ここら界隈《かいわい》は往時《おうじ》の花街《はなまち》で、昭和なかばまで猥雑《わいざつ》な異界《いかい》だったが
月曜の朝のこの気怠《けだる》いターミナルが、彼らの新たな母胎

婆の呪文の声は、いつしか臍の緒よりも萎《しな》びて
子殺しの季節を、かろうじて遣《や》り過ごす

八月　歌を紡《つむ》ぐ

その歌声は、路傍《ろぼう》に咲く淡い緑の蕁麻《いらくさ》の花
『もし、あんたが死んでも、あたしは平気
　あんたが、愛してさえくれるなら
　だって、あたしも死ぬんだもの』
夏の日盛り　ひとは、ふと通い慣れた道を逸《そ》れてゆく。
干からびた馬糞《ばふん》のような夢で踏み固められた脇道《わきみち》
どこをどうゆくものやら――生活ゴミのしがらむ浮世《うきよ》の流れを渡り
非時《ときじく》の実のなる首縊《くびくく》りの木を迂回《うかい》してゆく、その道の先に
えらく現実的な『愛の讃歌』は陽炎《かげろう》となって、ゆらゆら立ち昇る

裏町で生まれた小雀《こすずめ》の歌に、男はなんと応えたものやら――
さしづめ蕁麻藪《いらくさやぶ》に枕を並べて、寝物語に聞くようなもの
何やら不条理《ふじょうり》な苦笑《にがわら》いに紛《まぎ》らしてしまうのが、まづは関の山
『おまえとのことは、一夜《ひとよ》の夢
覚めれば、俺ひとり、寂しい道をたどり
もう、儚《はかな》い夢など見ない』

天神様の切り通しは、かつての馬車屋町《ばしゃやまち》で、そこから
噎《む》せ返る馬糞街道は、古歌《こか》にうたわれた「いろは坂」を越えてゆく

十一月　靴でも履《は》き替えようか

末枯《すが》れた庭の花壇に残された、盗人《ぬすっと》の足跡
誰言うともなく「何かと物入りの季節……」
獅子座流星群《ししざりゅうせいぐん》の後《のち》、いささか遅ればせに訪れた冬の足音に
薔薇《ばら》は眠たげに瞳をとじ、猫はただ耳を震わせる。
母はたまさかに晴れた空を見あげ、子供の冬支度を案じ
父は深紅の薔薇を摘み、食卓の一輪挿しに季節の名残《なごり》を生ける。
そしてふたりは、決して若い頃のようにではなく
それでいて、ふと若い頃の気分を取り戻して
付かず離れず、肩を並べて午後の街へ

十字架を戴《いただ》く富岡教会《とみおかきょうかい》の尖《とが》り屋根は、長い影を落とし
移ろう日は、沈黙の祈りとともに、西に傾いてゆく。
ふたりは、十字架の影を過《よぎ》り——その足どりは
死の陰の谷を歩む子羊に似て——束《つか》の間《ま》の光の踏み分け道へ。
足許《あしもと》におとしていた視線をあげ、ふと顔を見合わす
口にはしないが、「下ろしたての靴は、どうもしっくりこない……」と。

履き古した靴は、とりとめのない未練を引きずる
やがて黄昏《たそがれ》どき、ふたり脱ぎ捨ててきたものの足音が
堺町《さかいまち》の馴染《なじ》みの靴屋の店先を、忍びやかに通り過ぎてゆく

二月　思いは漂う

「いよいよ、今晩あたりおいでなさるべェな……」
「まんづシバレて、鼻の奥ムズムズするもんねェ……」
オホーツク海岸の漁師町の、煤《すす》けた呑屋《のみや》の片隅では
いま時分、そんな言葉が交わされていることだろう。
遠くシベリアのアムール河口を漂い出た流氷は
気紛《きまぐ》れな海神《かいじん》の深い溜息《ためいき》に、六日六晩もてあそばれたすえ
まんづもって——

彼ら漁師たちの、酒焼けした朱《あか》い鼻面《はなづら》に漂着するものらしい

モムニ荘の亭主は十七年前、内地《ないち》から流れてきた他所者《よそもの》
『サロマの湖岸に生える柏《かしわ》の木
流氷の海を渡る風に晒《さら》され
人の背丈ほどしかない
年を経た、いびつな木
それは、遠い昔
ヤウンクル《陸の人》との戦《いくさ》で死んだ
レプンクル《沖の人》の墓標が根づいたもの』
大学出の青二才《あおにさい》が、そんな伝説を掘り起こしにきたのだから
土地の者はみな鼻白《はなじろ》んだものだが、当の先生
やがて深い根っこに絡《から》まって、気がつけば
漁師の娘と好《い》い仲になり、民宿兼呑屋の亭主に納まっていた。
伝説の方はというと、十年一日《じゅうねんいちじつ》の黄ばんだ品書き同様
いまだ呑屋の壁に、少々めくれあがって貼り付いている

ひとの思いもまた、漂流する。いづれは
誰ぞの、それと嗅ぎ分けられる鼻面に漂着するために

夕暮れ　ひとは
それぞれに一時預かりのお荷物を担い、再び集《つど》う

くたびれたお荷物を、死花《しにばな》の咲く道端に横たえる。
薄汚れた残雪を割って、ほの青くほころぶ花――
この夜、誰のものでもない命はあらたまり
人生という名の、ひと筋の時のはざまに
いつしか、もうひとつの季節は巡り来る

二　夕《ゆうべ》に寄せて

とある夕

ケナシ山へは、麓《ふもと》の落葉松林《からまつばやし》を通り抜けてゆく
山菜採りに行ったタバコ屋の爺さんは、黄昏時《たそがれどき》になっても戻らない

芽吹きの季節、落葉松林はしんとして
鴉《からす》の目をもつウィルタの祈禱師《シャーマン》さえ行き暮れる

ときに標《しるべ》ない道を、あえて辿《たど》ることもある

函館本線の陸橋から運河へつづく寂れた街区《がいく》に咲く一輪の花

住吉の問屋街の一隅《いちぐう》、旧い工房兼住宅で
染屋《そめや》の跡取り娘はストーブに火を入れて、ひとりデザイン帳を開く

十二年前、父親は何も言い遺《のこ》さず、納屋の梁《はり》に紐を掛けて縊死《いし》した
工房の棚には、形見の染型《そめがた》が並んでいる

それで婚期を逸《いっ》したのか――晩花《ばんか》は
降るさきから消えてゆく春の淡雪《あわゆき》の色を、首縊《くびくく》りの家にとどめる
路傍に佇《たたず》み、いくたび花の名を呟《つぶや》いてみたことか

いささか鼻につく潮と汗の臭いをまとい
ロシア船員が三々五々、海岸通りを歩いてゆく
勝納埠頭《かつないふとう》に係留された貨物船の円窓《まるまど》から漏れるロシアン・ロック
マストの裸電球の光は、脂《あぶら》ぎった水面《みなも》に、ゆがんだ海図を映しだす
積み荷は、船倉《せんそう》に満載した中古自転車と胡散臭《うさんくさ》さの一山《ひとやま》
夜明けを待たず、船長は航海日誌に「出港」とだけ記すだろう
どこから来て、どこへ向かうのか、尋ねるすべもない

「樺太《からふと》の生まれでねェ……」
爺さんは、いささか自嘲気味《じちょうぎみ》に語ったものだ
「ケナシ山から、北の海を眺めてみるのさ。故郷《くに》は見えるはずもないが……」

「近所に乞食《こじき》の祈禱師《きとうし》がいてねェ……忘れもしない、おふくろがお産で死んだ夜のことさ。枕元でタバコの葉を焚《た》いて、太鼓を叩きながら、わけのわからん呪文《じゅもん》を唱《とな》えてた。おやじに訊《き》くと、おふくろの命の縒《よ》りを戻そうとしてたんだってね……オレが六つのときの話さ。墓は、いまも真岡《まおか》の丘に立ってるはずだ……敗戦のどさくさで、捨てて引き揚げて来たっきりだが……」

——鴉《からす》は片方の目で過去を見渡し、もう片方の目で先を見据《みす》える
だから、ただ独り真《ま》っ直《す》ぐに飛ぶことができる——（祈禱師の言葉）

墓へつづく径《こみち》は、もう草に埋もれているだろう

陸橋を過《よ》ぎる列車の警笛が、眠りについた街のしじまを震わせる
少女はまどろみのなかで、街を出てゆく日を思い描いていた

それから二十年、「染料の匂いが、すっかり体にしみついたわ……」
孤独な少女の面影を残して、そう屈託なげに笑ってみせる

微かな染料の残り香が、失われた時を呼び覚ます
白布《はくふ》に染められるのは、心の紋様《もんよう》——かなえがたい願いや祈り

路傍のひとは逡巡《しゅんじゅん》して立ち去り、一輪の晩花《ばんか》は、なお咲き残る

【外国人お断り】の立て看板こそ取り払われたが
海岸通りの銭湯では、いまもロシア船員は好《い》い顔をされない

港で栄え、港で寂れた町は、貨物船の甲板《かんぱん》に闇を投げあげる

荷主のない積み荷を、若い船員は、ぞんざいに船尾へと押しやる
くたびれた貨物船の船首にも、群青《ぐんじょう》の海を鎮《しず》める神が宿る

とある夕《ゆうべ》
かなたに祝津灯台《しゅくづとうだい》が明滅をはじめる

やがて一己《いっこ》の船影《せんえい》は、前ぶれもなく埠頭を離れ

灯台の岬を大きく迂回《うかい》して、外海《そとうみ》へと乗り出してゆくだろう
むしろ、群青の海を鎮めるためにこそ

三　穏やかな朝

——アイヌを悼む

萱野茂《かやのしげる》に——

遠い沙流川《さるがわ》
二風谷《にぶたに》の河原で
三本足の烏《からす》の亡骸《なきがら》は
この穏やかな朝
枯れた葦《あし》の葉に覆われているだろう

北海タイムス紙を斜め読みにして、今朝も慌《あわ》ただしく家を出る。
十年一日《じゅうねんいちじつ》、坂の街の、だらだら坂をひとつ、またひとつ下り
小樽駅行きのバス停の列に並んで、いつもながらにホッと息をつく。
雪解けの薄汚れた街に澱《よど》む、ゴム長工場の、あの饐《す》えた臭い

浅い春の、なにも変わらない穏やかな朝——
社会面の訃報に添えられた、あなたの写真が
ふと、そう感じさせてくれるのは、なぜだろうか

対岸の栗の木の実は甘い
こちらの岸の年を経た鬼胡桃《おにぐるみ》の木
その苦い実を啄《つい》ばんだ日
若い鳥は
老木の苔むした枝に二本の足で止まり
残るもう一本の足で虚空《こくう》を掴《つか》み
生まれて初めて
頭《こうべ》を巡らせて谷間《たにあい》の国を見渡した

あたりまえに遅れ、あたりまえに混み合う路線バス
渋滞する国道五号線を、潮見台、水産高校前、住吉神社、小樽築港《おたるちっこう》……

いつもの顔ぶれが乗って来ては、追い立てられるように降りて行く。
文久《ぶんきゅう》四年昆布刈る頃
探検家松浦武四郎《まつうらたけしろう》は、アイヌのサルエカひとりを案内に、この浜路《はまぢ》をゆき
『西蝦夷日誌《にしえぞにっし》』に記した——『昔しは土人《どじん》必ず海辺に住まず……
市人《しじん》、漁事《りょうじ》の為《ため》に海岸え移住させしと……土人多し（文政壬午改《ぶんせいみずのえうまあらため》、
四十三軒、百五十人。安政乙卯改《あんせいきのとうあらため》、二十六軒、百二人）……』
いるはずのないアイヌが、鰊《にしん》を漁る虎杖《いたどり》の浜。
『其地の土人をして刻剝謂《こくはくい》うべからず、婪虐窮《らんぎゃくきわまり》なく遣《つか》ふ……
此様子にては十年を待たずして土人は絶《たゆ》べしと思わる……』
いるはずのアイヌが、今はもういない。
入船十字街《いりふねじゅうじがい》、花園銀座街……「バス　ハ　揺レマスノデ　吊革《つりかわ》
手摺ニ　オ掴リ　クダサイ。次ハ　市立病院　市立病院……」
われら市人の子孫は、みな
吊革を掴む手で体を支え、空いた手に、妙《みょう》に重たげな荷物を提げ
うつろな目をして、ただ虚空を見つめるばかり

ピパウシの淵に棲《す》むカワカラス貝は
盲《めくら》の老人で、しかも地獄耳
ある夏の日
流木に乗って石斑魚《いわな》を狙《ねら》う鳥に、声かけた
「そこの若いの……おまえさんが、三本足とやらか」
血気盛りの鳥は、キッと老人を睨《にら》みつけて
「爺さんよ……盲のあんたにゃわからんだろうが、俺たち鳥
足は二本きりありゃ、それでいいんだぜ」
老人、気にする風《ふう》もなく
「その余計者《よけいもの》の足で、おまえさん、いったい何を掴んだね」
鳥は、皮肉な目をして
「さあな、石斑魚を掴むにゃ邪魔だしよ……あんたこそ
その目に、何か映るもんでもあるのかい」
老人、苦笑して
「この腐れ目、と言いたいのじゃろ……だがな
この目こそ、わしそのものじゃ。闇しか映らんこの目が
かえって、おのれ自身を、ありありと見せてくれるのじゃからな。

おまえさんも、せいぜい、その余計者の足を羞《は》じるがいいぞ」

花園公園に根を張る老いた蝦夷山桜《えぞやまざくら》——
含羞《がんしゅう》の花は、ようやくほころびかけ、やがて
この土地に絡《から》みつき、深く潜《ひそ》む、その根の記憶を呼び覚まして
ほの紅《あか》く、ひたすらに、虚空をさして咲き匂うだろう。
「間モナク　市立病院ニ　停マリマス……」
休み明けには、いつにも増して多い病院通いの乗客
幼児《おさなご》の手を引く妊婦、眼帯姿の学生、首にコルセットを巻いた中年男
あとはたいがい、杖とバス賃半額の老人パスを持った年寄り連中
「オ降リノ　際ハ　オ忘レ物　ゴザイマセンヨウ　ゴ注意　クダサイ……」
降りて行く者たちの場所は、残る者たちが、いつの間にやら埋めてしまう。
忘却とは、得てしてそんなものだ——そして
あなたもまた、その忘却への道を辿りはじめるのだろう。
『われら　あい共に
死につつ　死につつ

あい共に　生きん』
アイヌの、そんな誓いの言葉が思い出される。
虚空に咲き匂う含羞の花は、惜しみなく、ただ忘却の果てに散りゆく

話好きな鳥――
彼らは言葉の申《もう》し子《ご》で
二風谷ダムの高い監視塔に止まって
人間相手に
六日六晩のチャランケを挑んだりもした
雪が深々《しんしん》と降る夜
棲《す》みかの森では、英雄叙事詩《ユーカラ》が歌われる
鳥の由来は、鳥の言葉でしか語られず
鳥の言葉は、そのためにこそある
三本足の長老は
なかでも無類の話好き
虚空から掴みとった、その言葉は

南国の怪鳥にすら通じたものだ

市役所、商大通《しょうだいどお》り、富岡教会《とみおかきょうかい》前、稲穂町……「終点ノ　小樽駅デ
ゴザイマス。オ降リノ　際ハ　オ足元ニ　ゴ注意　クダサイ……」
バスターミナルの雑踏に放り出され、駅前通りを港町へ下ってゆく。
都通《みやこどお》り商店街のアーケードを抜け、手宮線《てみやせん》の廃線跡を越えれば
澱《よど》んだ運河と遊覧船の桟橋《さんばし》、その向こうには
なにも変わらない穏やかな朝の、明るい海が広がる。
ふと見ると、前を行くひと——それは
細い踏み分け道を辿る、最後の狩猟民族の後ろ姿——
あなたは、ふと立ち止まり、おもむろに振り向くと
『アイヌは、足元が暗くなる前に、故郷へ帰るものだ……』
そう言い残して、大股に歩み去ってゆく

遠い沙流川《さるがわ》

二風谷《にぶたに》の河原で
三本足の烏の思い出は
やがて
若い葦《あし》の葉に覆われてゆくだろう

※沙流川……サルはアイヌ語で「葦原」の意
※チャランケ……アイヌ語で「談判」の意

四　港市夜話《こうしやわ》

湿《しめ》っぽい夜の街に流れる――

【私有地ニ付　立入ヲ禁ズ】（立札《たてふだ》・朱書《しゆがき》）
地獄坂沿いの保育園は、数年前に廃園となり
園舎も遊具も、園長が愛した薔薇《ばら》の花壇も、いまは闇の底に沈み
ただ赤錆《あかさ》びた金網ごしに、園庭に咲き散るアカシアの花だけが高く香る

雲間から射す月あかりに、ほの白く浮かびあがる山嶺《さんれい》
「ケナシ山に雪があるうちは、まだ風も冷たくてねェ……」
雪解けの沢水を集めて、妙見川《みょうけんがわ》はざわめき流れる。
最上《もがみ》水源地から安楽橋《あんらくばし》、洗心橋《せんしんばし》、花園町の寂れた飲屋街《のみやがい》の暗渠《あんきょ》を潜《くぐ》り

腐れきった運河に澱《よど》み、やがて暗く凪《な》いだ日本海へ――
また例のごとく色内埠頭《いろないふとう》にたむろしているのか
バイクの爆音が、ゆるい潮風に乗って、遠雷《えんらい》のように響いてくる。
グランド・ホテルのある十字路に佇《たたず》む、くわえタバコの男の胸元を
雌雄同体の蝶が、ふっと翳《かす》めて飛び去ってゆく。
『あんたは、きっと帰ってくる
うらぶれた街は、たぶん、あの日のままね
だけど、あたしは、もういない』

湿っぽい夜の街に流れる――
薔薇の蕾《つぼみ》がまだ固い季節に死んだ園長の思い出を、束《つか》の間《ま》に呼び覚まして
アカシアの花は、この忘れられた園庭に甘く香る。

「あのかた、革手袋と花鋏《はなばさみ》と麦藁帽子、それにあたいたち、まだ蕾の薔薇を遺して逝《ゆ》きました。心残りは、お葬式の祭壇を飾ってあげられなかったこと。アカシアの花の香りに包まれて、あたいたち、まだ微睡《まどろ》んでいたから……だからあたいたち、その年の夏は、みな精一杯きれいに咲きました。ただの土くれから生まれ育つもの、あたいたち薔薇は、あのかたの、永遠の問いだったんです……」

一塊《いっかい》の土くれの謎――それは

再び宿ることのない母胎の記憶――たしかに

その謎は、温かな闇で、すべてを包み込んでくれた。

それとは裏腹に、日の光のうちに忍び入る、そら寒《ざむ》さ

答えという答えを赤く錆びつかせ、問いつづける者は

それぞれの愛する庭に、ただ乱れた足跡を残すだけ……

「ユキエさんっていう、若い後妻さんも残されました。もともとここの保母さんで、ユキエさん、あのかたが遺した、この保育園を続けたかったんです。けど、先妻さんの子供たちから疎《うと》まれて、結局とりあげられてしまいました。その夏の終り、あのかたのお墓に、名残《なごり》のあたいたちを供えて、ユキエさん、ひっそりと、この町を出てゆきました……」

同朋讃

日本海にへばりつく港市《こうし》
この冬は十数年ぶりのドカ雪で、坂の街の住人たちは
馬の背になった雪道を、祝福された幼児《おさなご》のようにヨチヨチ歩き
凍てつく窓辺の仮死したゼラニウムの、自《おの》ずから癒された姿を眺め暮らした。
三月《みつき》も雪に降り籠《こ》められた厚化粧の春の女神たちが
花園町界隈《はなぞのちょうかいわい》の吹き溜まりで待ちわび、やがて浄められてゆく夜々
せめてその鎮魂《ちんこん》のために、われら偽善の男と女は、かたく抱き合って眠った。
「まったく、あンひと呆《ほう》けて、帰る家もわかんなくなったのかねェ……
なんせ、満州育ちの寒さ知らずでねェ、部屋着のままフラッと……」
旧正月の、その日
粉雪《こなゆき》が小止《おや》みなく降りつづくなか
朝里《あさり》スキー場のゲレンデでは、台湾からのツアー客がはしゃぎまわり
ひと山越えたケナシ山の麓《ふもと》では、徘徊癖《はいかいへき》のある爺さんが行方知れずになった。
「いまごろ、沢にでも迷い込んで、あンひと、冷たくなってるのかねェ……
人間、いかに、お迎えの時を選べないったって……なンも、こんな日に……」

薄くなった目を瞬《しばた》きながら、連れ合いの婆さんは、そう口説《くど》いたものだ。
それから三月《みつき》——雪解けの沢水が流れだす、今にして思えば
あの日の雪は
正気を失くした爺さんの肌に触れて、死の時を悟らせ
霞む目でケナシ山を見やる婆さんに、死の時を告げて
凍《い》てつく水源の沢に、深々《しんしん》と降り積もっていったのだと——

「運河かい……ありゃ過去の遺物、今じゃ町のやっかいもんだ。
腐れて、ヘドロだらけで、ひどく臭うし、よほどの物好きでなきゃ、
寄り付きもしないねェ……」

あの日
土地の者から、そんな陰口をたたかれる運河の岸を、寄り添って歩き
背丈ほどの虎杖藪《いたどりやぶ》に身を潜《ひそ》めるようにして愛を囁《ささや》きあった男と女——
ただ、その愛もまた、いつしか過去の遺物となってしまい
やがてふたりは、それぞれに、このうらぶれた故郷の町を捨てていった。
それから二十年——

鼻つまみ者だった小樽運河は、御影石《みかげいし》の散策路と青銅製のガス燈と
あまっさえ厚化粧の懐古趣味《かいこしゅみ》とで、観光用にきれいさっぱり生まれ変わった。
「運河は、腐れきっちまったのよ。腐れきって、生まれ変わったのさ。
もっとも、今のありゃァ、運河とは名ばかり、まるで別モンだがねェ……」
かつて町一番の格式を誇ったグランド・ホテルの、薄暗い廊下と
色褪《いろあ》せて所々擦《す》り切れた絨毯《じゅうたん》は、それこそ過去の遺物で
このひねこけた産道を、いささかくたびれた中年男が
ベルボーイに促《うなが》されるまま、ただ黙々と歩いてゆく。
実は、二十年ぶりに舞い戻ってきたこの男、いまだに
あの腐れた運河の岸をたどり、ヘドロの臭いを嗅ぎ
どうかすれば、別れた女のために
古びた愛の言葉を囁くことさえできるのだが――
「生まれ変わるってなァ、腐れきっちまうってことさ……」

湿っぽい夜の街に流れる――

ひとはみな、だらだらの地獄坂を喘《あえ》ぎつつ上り、また下り
廃園の閉ざされた門扉《もんぴ》に、目を留めることもなく通り過ぎる。
「あたいたち薔薇は、いまも、あのかたの永遠の問いなんです……」
廃園の庭の乱れた足跡は、終りのない問いの証《あかし》であり
その先には、主《あるじ》のない薔薇が、私《ひそ》やかに咲きつづける
【私有地ニ付　立入ヲ禁ズ】（立札《たてふだ》・朱書《しゅがき》）

雪解けの沢水は、蒼馬《あおうま》の群れとなって、妙見川をざわめき奔《はし》り
厚化粧の春の女神たちは、その川音で目覚め
また花園町界隈の浄められた巷《ちまた》にたちかえる。
「あンひと、まだめっからないけど……なあに、諦めはついたさ。
人間、遅かれ早かれ、お迎えの時は来るもんだからねェ……」
降り積もる雪は、死の源流となり
やがて蒼馬の背に乗って、生の巷へ
そして、暗く凪《な》いだ生死《しょうじ》の海《うみ》へと流れ入る

グランド・ホテルのある十字路
雌雄同体の蝶は、低く高く羽ばたきながら
何ごとかブツブツ呟《つぶや》く男を置き去りにして、夜の闇にまぎれてゆく
『おまえは、いまも、ここにいる
あの日のように、このうらぶれた街に
おまえは、腐れきった、おれの半身』

五　午後三時の時を告げる

振り仰ぐケナシ山は、くすんだ残雪に覆われている。
山上にあると云うパイカルマトゥンペチセ——
伝説の「女狐《めぎつね》の巣」も、まだ雪に閉ざされているだろう

五月の堺町通《さかいまちどお》りは、いつにもまして鼻もちならない。
外国人客と、修学旅行生の一団が
安っぽい観光土産を、ぼったくりの言い値で買いあさる。
ほんのお慰《なぐさ》みにと
オルゴール堂の時計台が、白い蒸気をもくもく吐きながら
難破しかけの貨物船の、汽笛を模したと思《おぼ》しき惚《とぼ》けた悲鳴で
うそ寒い通りの隅々にまで、午後三時の時を告げる

同朋讃

「今にして思えば……」

ふと、遠い目をして
入船十字街《いりふねじゅうじがい》の小樽銀行の支店長代理は語ったものだ。

「私、こう見えて、若い時分は登山をしてましてね。あれはいつのことだったか……山頂付近の急な雪渓《せっけい》を横切ってゆく小さな足跡を見かけたことがありました……」

今日も午後三時きっかりに、店の色褪《いろあ》せたシャッターを下ろし行き交う人通りのなか、そこにしばらく佇《たたず》んでいる。

やがてバイクの青年が来て、無言で夕刊を手渡して行く。

支店長代理は小さく頷《うなず》いて受け取ると、あの時のような──そうあの遠い目をして、十字街を少し前のめりに過《よ》ぎる青年の……いや高校を二年で中退してしまった我が子の、後ろ姿を見送る。

「雪渓の先は、カムイエロシキヒと呼ばれる断崖で……もっともその時は、たいして気にもとめませんでしたがね……ただ、今にして思えば、あれは何とも不思議な足跡でした……」

北海タイムスの夕刊の一面は、市会議員選挙の告示を伝えている

『地に蔓延《はびこ》る蓬《ノヤ》に等しき者よ……』――と
かつて人間は、天上より呼びかけられる存在であった。
時はうつろい、呼びかける主《ぬし》こそ違え
それは、今も変わりない……巷《ちまた》では
市会議員選挙の宣伝カーが、天下の候補者の名を
ほとんど狂ったように連呼し、投票を呼びかけている。
かかる永劫《えいごう》の呼びかけに耐えつつ
我ら人間は
榛《はん》の木がまばらに生える山裾《やますそ》の痩せた茅原《かやはら》を
それぞれの白木《しらき》の棺《ひつぎ》を曳《ひ》きながら歩いてゆく。
棺の中は、貴重なガラクタでいっぱい
日に日に、なぜか重みは増してゆくわ
軽やかな携帯電話の着信音は、不意に鳴りだすわ
こんなありさまでは、来《きた》るべきその日
安らかに身を横たえることもままならぬ。

かの永劫の呼びかけが
無慈悲にも、午後三時の時を告げる――
「もう、こんな時間か……」
ふと立ち止まり、呪文《じゅもん》のように呟《つぶや》く人間を
物好きな四十雀《しじゅうから》が、榛の梢《こずえ》で静かに見守っている

「あたし、このひと時が、いちばん落ち着けるの……」

小樽築港《おたるちっこう》のショッピングモールのカフェ
午後三時――

この聖別《せいべつ》された時に
カウンターの端《はじ》っこで、花園街《はなぞのがい》の女狐《めぎつね》はタバコに火を点ける。

「今日は、遅出《おそで》かい……」

化粧気のない女狐の顔に、マスターは穏やかな笑みを向ける。

「うん……選挙が近くなると、客足はパッタリだし……」

足元に置かれた買い物袋から、長ネギの頭がのぞいている。

「いわゆる戦時中……だね」

直火《じかび》で淹《い》れるエスプレッソの香りが立ち昇る。
「うん……あの街じゃ、選挙中の客涸《きゃくが》れを、そう呼ぶらしいけど
あたしは嫌い……男って、なんで戦争好きなのかしら……」
女狐はタバコをくゆらせながら、悪びれもせずに言い
マスターは、そんな女狐の前に、ご自慢の——そう
柔らかでいて、ほろ苦い琥珀《こはく》の泡を浮かせたエスプレッソを置く。

　影なすホトゥイエウシに発した
　レプンクル《沖の人》の鬨《とき》の声が
　鏡のごとく凪《な》いだ海峡を渡るとき
　ヤウンクル《陸の人》の村々《コタン》を見はるかす
　東雲《しののめ》のエンガルシ《見張り台》に
　ひとすじの白い狼煙《のろし》があがる
　戦《いくさ》の時節《とき》を悟り
　名高いカムイエロシキヒの崖から
　神鳥フリーは飛び立ってゆく

女狐は、まるで、このひと時を味わうかのように
琥珀の泡をひと啜《すす》りして、ほっと深い吐息を洩《も》らす。

なんとも――聖別された時にして
かくも柔らかでいて、ほろ苦いとは――

「選挙は、お気に召さないようだね……」
マスターは、相変わらず穏やかな笑みを向け
女狐はカウンターの端っこから、初めてニッコリ微笑《ほほえ》み返す
「まあね……でも、投票には行くつもり……昨日、少し明るい色の
日傘《ひがさ》を買ってみたの。お天気なら、それを差してね……」

約束の路《みち》――そんな名で呼ばれてはいるものの
実のところ、それは砂礫《されき》だらけの危うい山道《やまみち》で
ひょっと、足を踏み外しかねないのだが……もっとも
市会議員選挙の公約に、この道の普請《ふしん》が謳《うた》われることは
まず、あるまい……ただ
市の観光パンフレットに惹《ひ》かれてくる輩《ともがら》には
ずっとお手軽なコースもあるようで……今日も今日とて
堺町通り午後三時発の市内循環観光レトロバスは

ほぼ満席の老若男女《ろうにゃくなんにょ》を乗せて走り出してゆく。
謳い文句は、『けだし　輪廻《りんね》の環《わ》のごとく　ぐるり廻《めぐ》って
元の場所　お気に召せども　召さねども』――とか。
我《われ》ら輩《ともがら》
かくして、須臾《しゅゆ》とも永劫《えいごう》ともつかぬ約束の路を辿《たど》る

――さて、戦が終りましても、どうしたことか、カムイエロシキヒの崖に、
神鳥フリーは、舞い戻ってきてくれません。
それで、今は一尾《いちび》の美しい女狐が、留守番役として崖に棲《す》み、下界に
何か異変が迫った時には、一声《ひとこえ》高く鳴いて、村々《コタン》に知らせてくれるの
だと云うことです――

六　残影《ざんえい》

巡りきては、巡りゆく季節
わたしは、その残影に過ぎない

光溢れる五月の朝
ひたひたと胸に充《み》ちてゆく、言い知れぬ痛み――
そんな眩《まばゆ》い痛みが
かえって、わたしの休らいとなる
「おまえは、死の影に怯《おび》えるのか……」
「いや……むしろ、生の光に怯える……」
躊躇《ためら》いがちな自問自答は
あの冬の日
足跡さえない雪原の向こうからする声のように

RC

もはや誰の言葉でもない
「おまえは、生の影を慕うのか……」
「いや……むしろ、死の光を慕う……」

今の時代、病院といえども、浮き沈みが付き物の稼業で医者の腕は言わずもがな、立地や設備の良し悪しひいては食事の美味《うま》い不味《まず》いでもって評判が分かれる。かくて流行《はや》りの病院にベッドを確保した患者の耳には年寄り連中がよく口にする、例の半信半疑の金言《きんげん》がいやに真実味を帯びた『養病訓《ようびょうくん》』に聞こえるというわけだ。曰《いわ》く、「病気じゃ死ねない、寿命のあるうちは……」と。
わたしとしても、自問自答をいったん棚上げしたうえで若い看護師のいない隙《すき》に、明るい病室の窓をいっぱいに開けあの雪原が、一面の麦畑にかわる夏の日に思いをはせる

風ならば
麦畑を吹き渡る
若い麦の穂波を揺らし
在処《ありか》を知らせながら
愛《いと》しい人さえ後《あと》に残し
吹き過ぎてゆく
風ならねば
熟れた麦の穂波が
そっと揺れ定まるなか
ひとりわたしは
とり残されている

わたしという、ぽつねんとたたずむ季節の残影に
ほの青くほころぶ花

「流氷が釧路港《くしろこう》を埋《うづ》めてしまうほど、寒さの厳しい年だったわ。雪解けのリフルカの野で、白花《しろばな》の蝦夷延胡索《えぞえんごさく》を見つけてね、あんまり珍しいんで、掘り採ってきて、花壇の隅に植えたの。明《あ》くる年、福寿草《ふくじゅそう》の隣で咲いた花を見て、あれって思ったわ。雪のように白い花弁《はなびら》の脈に沿って、ほのかに、それでいて遠目にもありありとわかるほどの青みが差してきてたの。先祖返りっていうのか……きっと、ここの土のせいね……」

そんな話に誘われて、植物学者の女先生を訪ねたのだった。

夫を亡くしてからの先生はまた、とびきりの園芸家で彼女の庭を見れば、誰でも幸せな気持ちになれるだろう。

さて、話にあった蝦夷延胡索の花は――これこそまさに先生の先生たる所以《ゆえん》なのだが――遠目にわかるもなにもそう教えられて初めて気づくほどの、微《かす》かな青みを湛《たた》えむしろそれゆえに……とでも言えば好《い》いのか……わたしにはまるで雪よりも白く感じられたのだった

雨あがりの空に充《み》ちた光が
昼下がりの庭に零《こぼ》れ落ちる
この祝福された庭に
置き去りにされたものたちは
やがて命尽き
ここの土に還るという遠い約束のもと
それぞれの場所に
それぞれの仕方で根づいたのだ
わたしは片隅のベンチに腰掛け
原種の薔薇《ばら》の懐かしい香りや
非時《ときじく》の熟れた実を啄《ついば》む鳥たちの
聞き覚えのある囀《さえず》りに
わけもなく微笑み、涙する
この祝福された庭で
ただ、わたしは
自分が置き去りにしてきたものの面影を
もう、辿《たど》ることすらできない

いつか巡りきては、巡りゆくはずの季節
わたしという老いた残影が、むしろ、それを約束する

小樽駅の駅舎を後に、とび色の街へと歩みだしたのは
ちょうど秋の彼岸頃のことで、西日がやけに眩しく照りつけ
運河端をそぞろゆく人たちの輪郭をぼかし、しごく曖昧《あいまい》にしていた。
二番街のローヤルクラウンコーラの看板の下で出会ったとき
あなたは亜麻色《あまいろ》の日傘《ひがさ》をさし、わたしはタバコを吹かしていた。
「はやく街に溶け込めるといいですね……ここは、もうじき
長い雪の季節を迎えます……」
そんなあなたの言葉に、なにか応えようにも
俯《うつむ》いたあなたの横顔が、西日よりも眩しくて、そのうえ
わたしには、まだ自分らしい輪郭もないありさまで、しかたなく
「とりあえず、コーラでも飲みましょうか……」と言ったのだった。

あれから、長い歳月が流れ
ローヤルクラウンコーラの看板も、すっかり色褪《いろあ》せてしまった
「あの日、あなたには、ぼんやりとした印象しかなくて、
おまけに、わたし、コーラはあまり好きじゃなくて……でも、
巡り合わせって、得てしてそんなものね……」

話し終えて
あなたは、ふと
眼差《まなざ》しを遠くへ向ける
天上の祈りをこめて
夕映えが、空を紫に染めている
長い歳月は
あなたの横顔に
あなたらしい輪郭を与えた
それは
あなたが果たしてきた、遠い約束

あなたの眼差しの先で
街は、黄昏《たそがれ》の底へと沈んでゆく
あの日から
あなたの、その横顔に
わたしは、ずっと
問いつづけてきたのだろう
わたしに定《さだ》められた
遠い約束とは――と

巡りくることも、巡りゆくこともない季節
わたしという消えゆく残影がひとり、それを歌う

朝七時　起床・洗面、七時半　体温・血圧・酸素量の測定、
八時　朝食、朝食後　薬五粒服用、十時　担当医の回診
「明日、もう一度、心電図とレントゲンを撮ってみましょう。

生活習慣病は自覚しだいですんで、むろんタバコは止めて
食事にも気を付けて下さい。殊に塩分を控えて……なので
近々《きんきん》、栄養士の食事指導を、奥さん同伴で受けて頂きます」
十一時半　体温・血圧・酸素量の測定、十二時　昼食、
昼食後　薬一粒服用、十五時より入浴開始　二十時半まで、
十七時半　体温・血圧・酸素量の測定、十八時　夕食、
夕食後　薬二粒服用、二十時半　体温・血圧・酸素量の測定
食事量と排便排尿回数の申告、二十一時　消灯――以上が
入院患者の日課で、その合間に、あの棚上げした自問自答が
腐れ縁だと言わんばかりに、時折《ときおり》顔をのぞかせてゆく

夜の帳《とばり》が下《お》り
開け放されていた窓は閉じられる
一隅《いちぐう》を仄《ほの》かに照らして
灯《ともしび》は、まだ消されずにいる
思えば、わたしは

わたし自身が置き去りにし
棚上げしてきたものの
病んだ影法師《かげぼうし》なのだ
今日という日
まだ消されずにいる灯は
誰のためというわけでもなかろうが
なればこそ、わたしは
この灯のもと
あらためて人生の綻《ほころ》びを解きほぐして
切れ切れの言葉となし
それらを、また一から縒《よ》り合わせて
わたしという歌を紡ごう

夏の年と冬の年

一　夏の年と冬の年

三つの海に抱《いだ》かれる島《モシリ》
雨の朝の馥郁《ふくいく》とした大地の匂いと
雪の夜の張りつめた大気の静けさ
この島には、夏の年と冬の年がある

祝福された荒地に根づくアカシアの花咲く六月
魔除《まよけ》の蓬《よもぎ》の杖を腰に差して、屍《しかばね》の道をゆく

とある夏の昼下がり
小樽港マリーナから、一艘の大型クルーザーが滑り出してゆく。
「いえ、レジャーのいでたちとまでは申しません……とはいえ喪服ばかりはお召しになりませんように……くれぐれも……
むろん厳粛なこと、何を憚《はばか》ることもございませんが……ただ
散骨《さんこつ》の船だと知れると、さすがに好《い》い顔はされませんので……」
乗船前にそう釘を刺されて、乗客はかえって混乱していた。
傍目《はため》にも、まるで不揃いな身なりの老若男女が
一様にぎこちない面持《おもも》ちで、Sea Cradle号に乗り込んだのだ。
『海の揺《ゆ》り籠《かご》』――とは、これまた鼻白《はなじろ》むレトリックだが
ともあれ、チタンホワイトの優雅な葬送船は
右舷《うげん》にカムイコタンの断崖、左舷にシリパの大岬を見ながら
一筋の白い航跡を残して、群青《ぐんじょう》の墓場を目指す。
「なんとも、いい日和《ひより》ですなァ……いくらこの時期とはいえ
これほど波の穏やかな日も、また珍しい……」
操舵室では、日焼けした顔に半白《はんぱく》の口髭をたくわえた船長が
スーツ姿の、まだ年若い夫婦に、そう声をかける。
「ええ……」
「ほんとうに……」
身なり同様に、若い夫婦は、いささか硬い表情で頷《うなず》き返す。

船長にしてみれば、それは織《お》り込《こ》み済《ず》みのことなのだろう
「クルージングには、またとない日でしょう……ところで今日は、御尊父《ごそんぷ》の散骨だと伺《うかが》っとりますが……」と潮焼《しおや》けしたしゃがれ声で、屈託《くったく》なく水を向ける。
「はい……父の遺志《いし》で……膵臓癌《すいぞうがん》で余命半年と宣告された時母に頼んだそうです……もっとも、私たち子供の目から見れば父は、ごく平凡な常識人でしたので、ちょっと意外でしたが……」
気真面目《きまじめ》な性質《たち》なのだろう、夫の方はそう応じると
船長が無言で頷くのを見届けてから
「ただ……父は子供の頃、よく石狩の海に泳ぎに来ていたとかであるいは、前々からそんな思いがあったのかも知れません……」となにやら弁解めかして言い添える。
船長にしてみれば、それもまた織り込み済みのことなのだろう自分の子供ほどの年の夫婦に、やはり屈託のない笑顔を向ける。
「見てのとおり、海には、なんの目当《めあ》てもない……ですんでこう覚えておかれるといい……小樽から真北に針路を取るとやがて右舷に、送毛《おくりげ》のアイカップが見えてくる……海から

垂直にそそり立つ、鳥さえも近づかない大断崖で、これがランドマークになる……そのアイカップを、右舷の正面つまり真東に見る辺《あた》り、そこが、御尊父の終《つい》の住処《すみか》だと……」

デッキからは、子供らの歓声が聞こえてくる。

「あっ、トビウオ……」

「あんなにたくさん……」

「船と競争してるよ……」

「ほんと、まるで影絵のよう……」

命の群影《ぐんえい》は、ひたすらに、夏の日にきらめく海原を滑空する。

キャビンのソファーに陣取った、気楽な身なりの二組の夫婦者は葬祭会社の若い添乗員相手に談笑している。

「こういう海の散骨ってのは、昨今の流行《はや》りなのかい」

「小樽港からは、夏場ですと、ほぼ毎日船がでております……ただそれを流行りと申し上げてよいものかどうか……」

「ふうん……でも、わたしはやっぱり、土に返る方がいい……それにわたし、ヒロちゃんと違って、生まれついてのカナヅチだし……」

「そうそう……ヒロちゃんは、町内一の河童だったもんね……けどお骨って、どっちみち海の底に沈んじゃうんでしょ」

「と申しますか……散骨の場合、お骨は、特殊な処理を施《ほどこ》して粉末にしてしまいます。ですから、海に溶け込んでゆく……そうお思い頂くのがよろしいかと……」

「なるほど……あいつの最期《さいご》の望みは、そういうことか」

「それにしたって、なんだか寂しすぎない……」

「そうねぇ……一抹《いちまつ》の寂しさは残るわよねぇ……けど狭いお墓の中で、また夫婦喧嘩するよりマシかもね……」

やがて船は、茫洋《ぼうよう》としてあてどない海のただ中――つまりは定められた散骨地点――に、何の前触れもなく停まる。

添乗員に促《うなが》されて、喪主の夫人は、デッキへと覚束《おぼつか》ない足を運ぶ。

「ずいぶん、沖へ出るのね……」

胸に抱いた骨壺《こつつぼ》に、そう呟《つぶや》きかけながら――そう諦めようにも、目にする海の墓場は、あまりに滄《あお》く底知れない。

会葬者《かいそうしゃ》の、かねての思い込みとは裏腹《うらはら》に散骨の儀式は、拍子抜けするほど、あっけなく終り船はまた一筋の白い航跡を残して、港へと引き返してゆく。

なんとも割り切れぬ思いで、デッキにたむろしていた人たちも
やがて一人去り、二人去り、後《あと》にはまた子供らだけが残された。

「もう、行っちゃったのかなァ……」

「だって、海はこんなに広いんだもの……」

子供らの視線は、消えゆく航跡の遙か彼方、水平線に注がれる。

「おーい、こっちだよー……」

「おいでー、おいでー……」

死との折り合いをつけようとする和解の試み——そんな
大人の思惑《おもわく》など知らず、子供らは、無邪気《むじゃき》に手招きする。

この群青の墓場を影のように滑空する、あの命の群れに向けて

偽善《ぎぜん》の人の世に、罪が深々《しんしん》と降り積もる十二月
命の火を赫々《あかあか》と掻《か》き立てて、愛の歌をうたう

雪が降りしきる師走《しわす》の夜

都通《みやこどお》り商店街のアーケードに、透きとおるテナーの歌声が響く。
「あの頃、ふたり
少し遠回りして
金木犀《きんもくせい》のかおる坂道を
手をとりあって歩いたわ
それは、あたしがはじめて歩いた
陽のあたる道
重なり合うふたつの影を見つめて
あんたのさだめを
あたしも、さだめと信じたの……」
数年前に廃業した老舗《しにせ》ホテルの吹き抜けのエントランス前
若者が——といっても、そろそろ三十路《みそじ》に手の届く年なのだが——
ここでギターの弾き語りを始めて、足掛け二年になる。
ここ数日、シベリア寒気団が居座り、凍《い》てつく寒さだが
そんなかでも、足を止めて、歌に聴き入る人はいる。
身を寄せ合う若いカップル、塾帰りらしい女子高校生三人組
買い物袋を提げた初老の夫婦、出勤途中のホステス風の女

忘年会帰りだろう、歌手と同年代のサラリーマン四人連れ……
「いいえ、今だってそう
あんたは、もう二度と
あの坂道でしてくれたように
甘い声で、あたしの名を呼び
耳元で愛を囁《ささや》いてはくれないけど
だって、わかってたの
いつか別れの日がくることは
それが、あんたのさだめだし
あたしのさだめだって……」
空き店舗が目立つ寂れた商店街の
錆《さ》びたシャッターと、黄ばんだ常夜灯《じょうやとう》の列を巡り巡って
哀《かな》しい愛の歌が、行き場を求めて流れてゆく。
「おかしなものね
あんたの『さよなら』を
あたし、なんだか素直に聞けたの
さよならは、愛の言葉ね

きっと、それが愛のすべて
ねえ、そうでしょ
あの頃、ふたり
少し遠回りして歩いた、あの坂道に
また、金木犀のかおる季節がくるわ」

ギターのアウトロが静かに曲を閉じる。
聴衆はみな、厚い手袋をとって拍手をする。
ここではそれが、歌手への最上の敬意の表《ひょう》し方《かた》なのだ。
歌手は深々とおじぎをすると、少し声のトーンを落として
——この曲は、ここ数年、ずっと温めつづけてきて
今日、この場で、初めて披露《ひろう》したのだ——と語る。
誰からともなく、再び拍手が起こる。
四人連れのサラリーマン連中は、とびっきりの喝采《かっさい》を残して
また花園町の飲み屋街の方へと舞い戻ってゆく。
歌手は微笑《ほほえ》みながら、その後ろ姿を見送ると
「たぶん、馴染《なじ》みは薄いでしょうが……」、そう前置きして
——これは、『Karma』という題名の演劇の劇中歌で

かつての美貌も名声も失った中年のゲイが
自殺した昔の恋人を想《おも》って歌うバラードなのだ――と語る。
雪が降りしきる師走の夜
ぱったりと人通りの絶えた都通り商店街のアーケードに
哀しい愛の歌だけが、まだ行き場を求めて、さ迷いつづけている。
やがて――
天井の防災スピーカーから、ひび割れたアナウンスの声が響き
午後八時の閉店時刻を告げる。
今年最後の路上コンサートは跳《は》ね
聴衆は、この冷たくも、ほの温かな場を後にする。
ホステス風の女は、時間を気にかけながら
初老の夫婦は、歌手に温かい励ましの言葉を残して
若いカップルは、冷え切った体を一つに寄せ合い
女子高校生たちは、何やら笑いさざめきながら
誰もが少し遠回りして、それぞれの道を歩いてゆく――その後ろ姿を見送り
ゆっくりと夕バコを吹かしてから、歌手は
ギターケースに散らばった、わづかばかりの投《な》げ銭《せん》を掻き集める

二　せめて道端《みちばた》に立ち止まり

雪解けの春
愛するわたしの半身――
傷つき汚れたおまえを残して
朝靄《あさもや》が垂《た》れ籠《こ》めるキナウシの谷間を去る。
やわらかに芽吹くハルニレの林を抜け
カタクリの咲く野を過ぎ、はじめて
そして二度とはない、オンネナイの凍《い》てた流れを渡る。
　涙の川は流れゆく
　わたしは天に祈ります
　どうか涙が涸《か》れぬよう
　川の流れが尽きぬよう
岸辺を埋《うづ》める蒼《あお》く色褪《いろあ》せたエゾエンゴサクの花
それは、なにやら湿っぽい、おまえの思い出――

この川岸に立ち、谷間を振り返るが
すべて乳色《ちちいろ》の靄《もや》に溶け入って、何も見分けられない。
昨夜あれほど吹き荒《すさ》んだ山越えの南風はやみ
澱《よど》んだしじまのなかで、タバコに火を点《つ》ける。
わたしが今日という日を、こんなにも待《ま》ち焦《こ》がれていたとは
おまえには、思いもよらなかったろう。
ただ、おまえには、わかってもいいよう
片割れとなって去る者は、どこまでも
この蒼く色褪せた花を踏みつつゆくのだと
なにやら湿っぽい、おまえの思い出を——
谷間の守護神、ラルマニの巨人に別れを告げる頃
ようやく背中に、暖かな朝日が射してくる。
机上《きじょう》に残してきた、おまえへの置手紙に
語って、語り過ぎてしまったことと、語り尽くせなかったこと
語らず、ついに語れなかったことと、敢《あ》えて語らなかったこと
それらの言葉が、影のように纏《まと》わりついてくる。
たったひとりの道連《みちづ》れ——足元に伸びるいびつな影法師《かげぼうし》とともに

だらだらの坂道を、留辺標《るべしべ》の町へと下ってゆく

教会の十字路——
ハリストス正教会《せいきょうかい》がある交差点は、そう呼《よ》び慣《なら》わされている。
それにしては猥雑《わいざつ》な、この街並《まちな》みのなかで
芽吹き初《そ》めたナナカマドの街路樹だけが、妙《みょう》に若やいで見える。
真昼の日脚《ひあし》は物憂《ものう》げに、十字路の雑踏を横切り
街場《まちば》の偽善者《ぎぜんしゃ》は、人懐《ひとなつ》っこい笑みを浮かべながら
『主《しゅ》は羊飼い
　憩いの水辺に伴いゆきて
　わが魂を蘇《よみがえ》らせん』
そんな、調子のいい鼻唄まじりに近づいてくる。
「あなた、なにか惑《まど》うておられる……そう、顔に書いてありますよ
……いや、老婆心《ろうばしん》ながら……と申しますのは、ほかでもない
ここの教会の司祭様《しさいさま》ですがね、これが、なかなかの人物でして
正教会での地位も高いお方なんですが……こう見えて、あたし

司祭様とは入魂《じっこん》の間柄でして……ですんで、お悩みの方と見るや
ついつい紹介して差しあげたくなるんですよ……」
そうまくしたてると、先生、また件《くだん》の鼻唄をひとふし
『たとえ
死の陰の谷を歩みゆくとも
われ、災いを恐れじ』
どうも教会で歌われる聖歌の一節らしいが、なんだか
キナウシの谷間のことを言われているようで、縁起《えんぎ》でもない。
「いえいえ、紹介料なんてものは、あなた……こりゃ人助け
あたし風情《ふぜい》の、ささやかなる社会奉仕でして……そりゃ
皆さん喜ばれますし、時に身に余る感謝もされますがね……
ですんで、なんと申しますか、心癒《こころいや》された、そのお気持ちを
まあ、そんなかたちでもってお示しになる、奇特《きとく》な方も
そりゃあなた、なかには、いらっしゃいますがね……」
通りすがりの者は皆、偽善者の顔に皮肉な目を向けてゆくが
当の先生、さして気にする風《ふう》もなく
「汝《なんじ》、子羊……光の子よ」

そんな祝福とともに、一々《いちいち》あの人懐っこい笑みで応える。
聖なる町の、奇妙に明るい昼下がり
教会の十字路を、皮肉な目をした光の子らが横切ってゆく。
死の陰の谷を歩みゆく、一群《ひとむれ》の子羊の足どりに似て

心ひとつ残し
それでいて
せめて心だけは残さぬよう
歩いてゆく。
オンネナイの流れは、幾つもの小川を集め
やがて、ポロナイと呼び名を変えて
今を流れ去り
それでいて
なお尽きることなく流れゆく。
町を背に
西に傾く眩《まぶ》しい日に向かい

ひねこけた光の子となって
カラカラに乾いた道をゆく。
知らず知らず、唄に歩調を合わせ
キナウシの谷間の谺《こだま》のように心に響く
あの偽善者の鼻唄に——
なにやら負い目を感じて
ふと立ち止まり、タバコに火を点ける。
ザラついた頬を撫《な》でて吹き過ぎる風
残雪を頂くリシルの山並みを越え
どこから来て
どこへ向かうのか
ひとは、無数の負い目とともに
冷やかなその風に似て
決して安住することのない命を
この祝福された地に受け継いでゆく。
道なき道の
消えかけた足跡と、遠ざかる者の後ろ姿

それだけを道標《みちしるべ》に
ひとは、ただ歩きつづける。
せめて道端に立ち止まり、一本のタバコを吸う
その、わづかな時の与えられんことを

道端に、ぽつんと立つバス停
見れば、「萩野《はぎの》」とある。
身重《みおも》な体をかかえて、腰掛けるベンチもなく佇《たたず》む女。
「ここは、萩野という土地なんですね……」
足を止めて、遠慮がちに尋ねると
「ええ……昔は、それこそ一面の萩野原だったそうです。明治の頃
内地《ないち》から入植した人たちが、そう名付けて……わたしの曾祖父《ひいおじい》さんも
そのひとりだったのですが……ただ、その萩の花も、開拓とともに
だんだん姿を消していって……今では、もうすっかり……この土地に
萩野という、きれいな名だけを残して……」
女は遠い目をして、それでいて、意外に和らかな物腰で答える。

「そうですか……次の町までは、まだだいぶありますか……」
「朱湾《しゅわん》なら、そんなにも……わたしも、そこへ帰るところなんですが
なにせ臨月間近なもので、こうして日に数えるほどしかないバスを
待っていますが、歩いても、日暮れまでには着けるでしょう……
海に沈む夕日が、とってもきれいな町なんですよ……」
女はそう言って、なんとも涼しげに微笑《ほほえ》む。
こんな道端のバス停に、過ぎ去ったものと、来《きた》るべきものとが
ふたつながらに佇んでいようとは、思いもよらなかった。
夕日を追いかけて、また歩きだす――そう
来るべきものへ――

夕日に染まる朱湾は、海に抱かれる町
足早に人が行き交う黄昏《たそがれ》どきの通りにも、潮の匂いがする。
暮れ果てて辿《たど》り着いた海辺のホテルで
「お客さん、キナウシからおいでになられた……それはそれは……
あの谷間の守護神は、息災《そくさい》でらっしゃいましょうか……」と

初老のフロント係は、訳知り顔《わけしりがお》に訊《き》いてくる。
「ああ……今朝もお見かけしたが、変わりないご様子だね……」
二度とお目にかかることもあるまい……そう思いつつ答えると
件《くだん》のフロント係、しごく満足げに頷《うなず》いて
「ラルマニの巨人の、ご加護《かご》あらんことを……」
そんな祝福の言葉と、ルームキーを渡して寄越《よこ》す。
通された二階の独り部屋の窓を開ければ
夜のしじまに、ただ波音だけが高く響いてくる。
愛するわたしの半身——
いつ、どこで覚えたものか
おまえはよく、哀《かな》しい歌を口ずさんでいた

愛は、まるで
嘆きの大海《たいかい》に浮かぶ
虚《うつ》ろな喜びの児島《こじま》——と

※ラルマニ……アイヌ語で「イチイの木」

三　あしはらの

――三陸の震災より一年
津波の犠牲者を悼む――

今は、ひとり
ムルクタウシ《糠の捨て場》の丘に登る
（……あれから三十余年の時が流れ、さすがに歳をとった……とはいえ
　まるっきり老いさらばえてしまったわけでもないが……）
『古《いにしえ》、天界の神々は
一握りの稗《ひえ》の糠《ぬか》より
人を創り給い
そして余った糠を
葦原《あしはら》の国の片隅
ムルクタウシに捨て給うた』
時を経て――

今、その神話の地は
「どうにも、あそこばかりは地盤が脆《もろ》くってねェ……」
住ノ江の地場の不動産屋が、そうボヤくとおり
市街地の外れの、かろうじて開発の手を免《まぬが》れた
頂《いただき》の禿《は》げた、みすぼらしい丘となっている。
およそ神意とは測《はか》りがたいものだが、ともあれ
その成《な》れの果《は》て――否《いな》
紛《まぎ》れもなく成就《じょうじゅ》した姿が、ここにある

今は、重い足どりで
ムルクタウシの丘に登る
（……歳を重ね、強いられて歩くことには慣れっこだが……ただ
　あの頃の脛《すね》の古傷が、ときに病《や》んでくる……）
あの夏の日
餓鬼《がき》どもは、手に手に背丈よりも高いイタドリの杖を持ち
丘の赤茶けた肌を削って付けられた一本道を辿《たど》った。

カラカラに干からびた道の行き着く先は、観光牧場の廃墟で
西部劇風のゲートや、畜舎の屋根の錆《さ》びた風見鶏《かざみどり》
朽ちかけた木柵《もくさく》や、ロッジの壁に残されたダーツ板などは
餓鬼どもを、ひとかどのデスペラードに変えていった。
時に「ゴーゴッゴッゴッゴー……」と、異様な羽音を響かせ
丘を越えてゆく雷鳴《かみなりしぎ》は、神出鬼没《しんしゅつきぼつ》の餓鬼どものヒーローで
いつも、彼ひとり
あの不可侵《ふかしん》の神話の蒼穹《そうきゅう》を翳《かす》めて、遠く飛び去るのだった。
その灰色の影を
決して届かぬものと悟りつつ、餓鬼どもは天に仰ぎ
神通《じんづう》の杖を振りたてて、ただ闇雲《やみくも》に追いかけては
蕁麻《いらくさ》の鞘《さや》ばしる刺《とげ》の一薙《ひとな》ぎで、脛に傷をこしらえたものだ。
それは――
この丘にまつわる神話へと連なる、餓鬼どもの年代記
『葦原の国の乙女《おとめ》に恋した神は
天界の稗畑で己《おのれ》の脛を裂き
そこに刺ある実を隠して

牡鹿《おじか》の踏み分けた道を伝い
ムルクタウシの西
乙女の村へと天降《あまくだ》り給うた』
かくて年代記には、脛に傷ある者の系譜が書き記された
忘れ得ぬは
古里《ふるさと》の丘に咲く
黒百合の花
夏の年　六年
冬の年　六年
旅の空の下にありて

ひと夏が過ぎ
今は、日射《ひざ》しから顔を背《そむ》けて
ムルクタウシの丘に登る
（……禿げた丘の頂には、日射しを遮《さえぎ》るものとてない……老いた目には
遍照《へんじょう》する日の光が、なにやら無性に眩《まぶ》しいのだ……）

渡りの季節
子育てを終えた雷鳴が、南の国へ旅立つと
丘の西、深い葦原に抱《いだ》かれたサロルの沼に
北の国から、大白鳥《おおはくちょう》の群れが飛来する。
『あの沼には、ウェンコッ《悪いくぼみ》という魔物が棲《す》み
亦《また》の名を谷地眼《やちまなこ》といって、沼に近づく者を
ほんの気紛《きまぐ》れに取り殺すそうな』——とは
餓鬼どもが一度は聞かされる、この土地の言伝えで
魔物に魅入《みい》られ、葦原の沼を彷徨《さまよ》う無数の亡霊は
餓鬼どもの年代記に、言い知れぬ影を落としたものだ。
旅の鳥たちは
そんな伝説の沼に、ひととき羽《はね》を休め
谷地眼に見守られながら、甘藻《あまも》をついばみ
やがて、氷雪の季節が訪れる前に
また、さらに南へと旅立ってゆく

今は、ひとり
ムルクタウシの丘に登る
（……忘れかけていた年代記を、いまさら懐かしむわけではない……ただ
いま一度、それに何か書き加えてみるのも、悪くはなかろう……）
丘の頂に佇《たたず》めば
吹き過ぎる風に、ほのかな潮の匂いがする。
忘れかけていた古里《ふるさと》の風——
眼下に白々《しらじら》と横たわるサロルの沼
遠く目をやれば、遍照《へんじょう》する日の光を湛《たた》えて
波立つ海原が、果てしなく広がっている。
海を渡る風に乗り
旅の鳥たちは
蒼穹《そうきゅう》に一己《いっこ》の美しい隊列を描いて飛来する。
この葦原の国へ——そう
神意の成就した姿が、そこにある。
たとえ、その翼《つばさ》の伸びやかなひと打ちの下《もと》
人界《じんかい》へ注がれる、その澄んだ眼差しの下で

時として、地は震《ふる》え、海は滾《たぎ》るとも――
　風の便りに聞く
　乙女が手折《たお》りし
　黒百合の花
　いまは
　古里の丘の
　その墓の辺《べ》に咲くと

四　今日、新しい指輪を買いに

融雪剤《ゆうせつざい》の饐《す》えた臭いが澱《よど》む、湿っぽい雪解けのとき
生気と死相は斑《まだら》に絡《から》みつき、子猫のようにじゃれ合いながら
神の庭《カムイミンタラ》のひび割れた大地から、ゆらゆらと立ち昇る。
この恐ろしく厳粛《げんしゅく》な気紛《きまぐ》れ者たちは
冬籠《ふゆごも》りに倦《う》んで塒《ねぐら》から這い出してきた春の妖精の頬を、ひと撫でし
ひどく癇癪《かんしゃく》持ちの老蝦夷松《ろうえぞまつ》のしなだれた枝の下《もと》に宿って

　　　——ぼくらは
　　虚《うつ》ろな娘《こ》の薔薇色《ばらいろ》のほっぺが、愛らしくって憎らしい
　　　ぼくらは
　　怒りっぽい親父《おやじ》の脂臭《やにくさ》い懐《ふところ》が、おっかなくって心地いい——
そう囃《はや》し立てて、ケラケラ笑い転げる。
奇妙に明るい陽光が降り注ぐ、この神の庭の傍らを
道行く人は、見て見ぬふりを決め込んで通り過ぎ

纏《まと》わりつく無邪気な笑い声に急《せ》かされて、足早に歩み去る。寄《よ》る辺《べ》ない者は、それほどまで頑《かたく》なに

片隅の喫煙所に立てば、この季節
害獣除けの防護柵の向こうで、若い柳の枝は赤く萌《も》え立ち
林床《りんしょう》の細《ささ》やかな流れに沿って、白い水芭蕉《みずばしょう》が咲いている。
郊外に造成されたペット霊園は、寺町の天網寺《てんもうじ》の経営で
辺鄙《へんぴ》な谷間《たにあい》にあるわりには、思いのほか繁盛している。
霊園の中央には、銅葺《どうぶ》き屋根の瀟洒《しょうしゃ》な祠《ほこら》が建てられ
地獄の仏で、いささか成金趣味の金色《こんじき》の地蔵さまが祀《まつ》られている。
なるほど、そういうご時世なのだろう
人間さまの墓場などより、よほど清浄《しょうじょう》なたたずまいだ。
「妻が小学生の頃から飼っていた猫なのです……」
火葬場の受付には、ネットで予約してきたという若い夫婦者《ふうふもの》。
「それは、お寂しくなられましたね……」
人の好《よ》さそうな天網寺の古株《ふるかぶ》の役僧《やくそう》が応対する。

「猫の魂は、どこへゆくのでしょうか……」
「愛されて、仏の道を迷わずゆきましょう……」
この季節、地蔵さまの足下《あしもと》から一筋の道が通い
柳の枝は、まるで生き血を吸ったかのごとく鮮やかに蘇《よみがえ》り
水芭蕉は、まるで猫の髑髏《しゃれこうべ》のように透明に微笑みかける。
　――どうか、愛の道を歩まれんことを
　ただ、無理に愛されようとすれば、踏み迷いましょう――

寂れた港町の、何もかもが吹き溜まる場末《ばすえ》の裏路地は
水捌《みずは》けなどとはまるで無縁で、年がら年中じめじめと辛気臭《しんきくさ》い。
それでも、吹き溜まった根雪だけは、ちょろちょろ溶けだし
シケた歓楽街の側溝を伝って、暗渠《あんきょ》になった川へ逃《のが》れ出てゆく。
路地を抜ける手前には、十坪《とつぼ》たらずの空き地があって
もと建っていたバーのママが、ほんの一株か二株植えたミントが
今は空き地じゅうに蔓延《はびこ》り、夏の盛りには目立たぬ花をつける。
「子供の頃からずっと、海のある町に憧れていたの……だから

わたし、この歳まで男運に見放されっぱなし……」
女盛りのママのそんな口癖を、生真面目な常連客たちは
「ここに、幸せはあるはずね……」と、密かに聞きなして
この場末の裏路地に、足しげく吹き溜まっていった。
そんなバーも、三陸津波があった年の、ちょうど今時分
紋切型《もんきりがた》のお礼の張り紙一枚残して、にわかに店仕舞いしてしまった。
吹き溜まりを逃れ出た雪解け水は、暗渠の鈍い反響のなかで
あの密かに聞きなされた口癖を、ぶつぶつ呟《つぶや》き返しながら
やがて、何もかもがひとつに融け合う海へと流れ入る

落葉松《からまつ》が可憐に芽吹き、路上に蒼《あお》い影を落とすとき
運命の女神もまた新たないでたちで、この並木道をそぞろ歩く。
年齢不詳の久遠《くおん》の淑女《しゅくじょ》は、蕁麻《いらくさ》で織った日傘をさし
行き会う人ごとに立ち止って、やや慇懃《いんぎん》に言葉をかける。
――わたくし、年頃《としごろ》の娘が何人かおりまして
　上の姉たちは、おかげさままで社交的ですのに

　末の妹ひとりだけが、とても恥ずかしがり屋で
わたくし、あんまり甘やかしたせいですわね――
淑女の真意はともあれ、その飾らない物腰のせいもあって
道行く人は、たいがい耳障りのいい社交辞令を口にする。
「さぞや好いお嬢さま方なのでしょうね……当方と致しましても
　いづれ、どこかで、お目にかかれればと……」
寄《よ》る辺《べ》ない者の、あの薄っぺらな笑みを浮かべつつ――
その道は遠く曲がりくねり、長い道のりの、いづれ、どこかで
とりどりに着飾った娘たちは、悔いと諦めの詩《うた》を甘く歌いつぎ
慎《つつ》ましげな身なりの娘はひとり、安らぎの木陰に身を隠す

いつもながらのリラ冷えの五月
相生町《あいおいちょう》から水天宮《すいてんぐう》の脇を抜け、堺町《さかいまち》へ下ってゆく風越坂《かざごえざか》からは
小樽港に寄港した世界一周の豪華な客船が眺められる。
その昔、イッカトゥ《戦いとる》ミと称《たた》えられた豪胆な夜盗が海辺の村を襲い
人を殺し、財宝を奪い、この坂を乾いた風のごとく駆け上っていった。

その時から、この坂を風越坂と呼び、坂を下りきった岐路《きろ》の端《はた》には
世の貧しい善男善女《ぜんなんぜんにょ》ばかりを住まわせるようになったと云う。
これは、ある英雄叙事詩《ユーカラ》に歌われた粗野なまでに真摯《しんし》なエピソードだが
かつての海辺の村、小樽運河界隈は、今ではすっかり様変わりして
客船の裕福な善男善女で賑わい、観光土産と幸せが金で買われてゆく。
もはや英雄叙事詩の歌われぬ世——
風越坂をとぼとぼ下ってきた者はみな、岐路に佇《たたず》み
あの貧しくも心優しい善男善女の末裔《まつえい》に、なかば儀礼的に道を尋ねる。
善意の人の言葉は乾いた風となり、ある者は草のごとく揺れ靡《なび》き
そして途方に暮れる——そう
岐路に佇む者は、道に迷うのではない
むしろ、善意の人の言葉に迷うのだ——ただ
多少へそ曲がりな連中だけが、善意など柳に風と受け流して
岐路を突っ切り、母港に別れを告げて旅立つ孤独な船影のように
干乾《ひから》びた誇りを胸に、運命の海原へ決然《けつぜん》と乗り出してゆく

「今日、新しい指輪を買いに行きましょう……」

日曜の朝、食卓の一輪挿しには、空色の亜麻《あま》の花が生けられ側《そば》に、ほぼ目星《めぼし》のつけられた指輪のカタログが置かれていた。

錆《さ》びたアーケードを伝い、ボタボタ生温《なまあたた》かい雨粒《あまつぶ》が落ちてきてサンモール商店街は、いつもより余計に湿気《しけ》っている。

わたしの古い結婚指輪は、病気窶《びょうきやつ》れした指から抜け落ちたきり去年の秋頃から、どこへいったものやらわからなくなり妻の古い結婚指輪も、節くれだった指に、もう合わなくなっていた。

支倉《はせくら》宝飾店の両隣は、加賀仏壇店と刃物の備前屋、向いは三階建ての鳴海洋品店で、宣伝文句は「洋装のデパート」

斜向《はすむか》いは喫煙自由の純喫茶「光」で、店内はしこたま脂臭《やにくさ》い。

どの店も、大正レトロが売りのこの街では、老舗《しにせ》中の老舗だ。

「今日、新しい指輪を買いに行きましょう……」

古い結婚指輪は、三十年前の今日、支倉宝飾店で買ったというがわたしは、そう言われてはじめて気づくありさまで……してみるとはたして妻は、新しい指輪のことだけを言ったのだろうか——

そんな妻は、目当ての指輪をはめた手を照明にかざしながら節くれだったその指と和解するように、穏やかにはにかんでいる。
——はて
わたしが失くしたのは、ほんとうは何だったのやら

五　クリスマスローズ

――亡き父へ――

夏の終り
蒼《あお》みわたる葦原《あしはら》のなかを、暗く明るく流れ去る
この時の流れを、死者たちは、いとも軽やかに踏んでゆく。
その死は、残されたわたしたちを悲しませはしたが
それを補って余りあるほどに、妙《たえ》の安らぎを与えてくれた。
死者こそが時を知り、常に時の流れと共にあり
生者は、その流れの岸辺に、かろうじて踏みとどまる葦にすぎない。
葦雀《よしきり》は歌う――
わたしたちの耳元で、奇妙に甲高《かんだか》く
　死の河辺の
　死にぞこないめ
　ゆらゆら揺れて

夏の年と冬の年

涙の河辺の
　生きぞこないめ
　揺れ止みもせず
この口汚い隣人は、ひと夏の間、死者と生者の和解を説き
葦原が冬枯れてしまうのを待つことなく、南へと旅立ってゆく。
——名残《なごり》の日々
　去りゆくものは、去りゆくままに

サンピアザ劇場
マチネーが跳《は》ねれば、どうしたって客は追い出され
うすら寒い夕暮れの巷《ちまた》を、無暗にほっつき歩き
せめてものことに、コートのポケットに突っ込んだ手で
マチネーの半券をまさぐりながら、三文芝居《さんもんしばい》の余韻《よいん》に耽《ふけ》る。
「ほら、女が男に別れを告げる終幕の場面……あの年齢不詳の
　女優の台詞《せりふ》には、さすがにゾクッときたねえ……」
中年夫婦の痩せて背の高い夫が、皮肉っぽく言うと

「そおォ……あの女優さん、いつまでも綺麗で羨《うらや》ましいわ……
　あの歳で、あんな可憐な役がこなせるんですもの……」
太った妻は言い返して、弛《たる》んだ目元に薄笑いを浮かべる。
日の広場《サンピアザ》で、秋めいてくるこのシーズンに演じられるのは
愛にまつわる運命劇と、たいがい相場が決まっている。
「ねえ、もしわたしが白鳥の化身だったら、あなたどうする……」
ポニーテールの華奢《きゃしゃ》な女が、甘えた声で尋ねると
「白鳥は、死すべき定《さだ》めの人間の、愛の象徴なのさ……だから、
　死という永遠の空へ帰ってゆく……」
演劇通《えんげきつう》の青年は生真面目《きまじめ》に答え、恋人の肩を抱き寄せるでもない。
白鳥の化身は、肩透かしを食らって不満げな顔つきだが
むろん人間の男の方は、そんなことにはまるで無頓着《むとんちゃく》だ。
老《ふ》けたわたしは、ひとり
大黒町《だいこくちょう》のコンビニの店先で熱いコーヒーを啜《すす》りながら
タバコに火を点《つ》けて、ガラス窓に照り返す夕陽《ゆうひ》に目を細める。
　　——あの日
　　運命は

わたしに全てを与えたわ
そして、今また
わたしから全てを奪うのね

稔《みの》りの秋《とき》
東雲町界隈《しののめちょうかいわい》に、淡く柔らかな日射しが降り注ぎ
シリパの岬へと、乾いた風が爽《さわ》やかに吹き通ってゆけば
父祖たちの代からあると云《い》う、その林檎《りんご》の樹《き》は
目にも鮮やかに赤く色づいた実を、甘く匂わせて
にわかに、わたしたちの世界の中心となる。
人はみな、晴れやかに、この年古《としふ》りた樹を仰ぎ見て
なんの躊躇《ためら》いもなく、熟れたその実に手を伸ばす。
誰からともなく——ただ
初め父祖たちは、ほんの気紛《きまぐ》れから
山裾の砂礫《されき》だらけの荒地に、根づくかどうかもあやしい
ひどく痩せた林檎の苗木を植えたのだった。

なかば投げやりな望みとともに――それでも
父祖たちの足は
苗木へとつづく、一本の通《かよ》い路《ぢ》を踏み固めていった。
これもまた、ほんの気紛れから――
　干乾《ひから》びた砂礫が苗床となり
　枯れるはずの苗木は根づく
　父祖たちの足跡が通い路となり
　なかば投げやりな望みは成就する
　気紛れが世界の中心となり
　死者から生者へと受け継がれる
人はみな、死者の通い路を辿《たど》りきて、世界の中心に寄《よ》り集《つど》い
その果実の、全《まった》き重みを摘み採ってゆく。
こうして、世界の中心は、わづか数日で役目を終える。
次の稔《みの》りの秋《とき》まで――
今は人気《ひとけ》ない林檎の樹の根方《ねかた》に目を落として
あの父祖たちは
「また、ひどく踏み荒らしてくれたもんだな……」と

これもまた、なかば投げやりな苦笑を漏らしていることだろう。
――死者に、永久《とわ》の安らぎのあらんことを

喜びが、悲しみとなる日

「エフェメーレ」は、故郷の町の外れにあるカフェで
遠くからでも、店を囲む高いヤマナラシの木立が目印になる。
幼馴染《おさななじ》みのマスターは、門徒寺《もんとでら》の出来の悪い次男坊だったが
「儚さ《エフェメーレ》」の看板を、かれこれ三十年近く守りつづけていれば
これで、なかなかの食事とコーヒーを供《きょう》せるようになるものだ。
「久しぶりだな……」
「ああ、四年ぶりだ……」
「そうか……なんで帰ってきた……」
「親父の葬式だ……今日、家族だけで見送ったよ……」
「そうか……寂しくなったな……」
「なあに……おふくろが死んで二十年、寂しげな親父の背中をずっと
見てきたんで、俺は、正直ほっとしてるよ……」

「そうか……みな死ぬんだもんな……」

マスターの奥さんが、入口の扉に「CLOSE」の札を下げて外に置いてあった鉢植えの花を、せっせと店内に運び込んでいる。

「もう、仕舞いか……」

「なあに、構わんさ……腐《くさ》れ縁《えん》は大事にせんとな……」

「腐れ縁か……しかし、静かな夜だな……」

「ああ……ヤマナラシが葉を落とすと、ここは急に静かになる……

こっちも、そろそろ冬支度だ……小樽はどうだ……」

「もう何度か雪が降ったよ……まだ、根雪にはならんがね……」

「そうか……何か、あったまる物でも作ろう……」

マスターは厨房へ引っ込み、奥さんは花の最後の一鉢をカウンターの隅でタバコを吹かす居残り客の傍《そば》に、そっと置く。

雪のように白い花が一輪、誰にともなく微笑みかけている。

──クリスマスローズの花が咲き
死者よ
あなたの喜びは、より深い喜びとなり
わたしの悲しみは、より深い悲しみとなる

六　見えない海

三つの海に抱《いだ》かれる島《モシリ》
――菅藻《すがも》も土左衛門《どざえもん》も、みな仕舞いにゃ
　この掃き溜めみてェな浜へ流れ着かァ
　夏の年も冬の年も、善《よ》きも悪《あ》しきも――
そんな皮肉まじりの粗い浜言葉《はまことば》は、何時《いつ》しか、母なる呪文となり
手宮《てみや》の波静かな入り江へと、時を定めず、誰もみな流れ着く。
揺り寄せる波の悠久《ゆうきゅう》の営み――そう
人はみな、ふと口にする母なる呪文の、その揺らぎのなかに生きる。
飲みかけのペットボトルが、ぶよぶよ膨らんで、土用《どよう》の海面《うみづら》を漂う。
生は死と共にあり

あなたは
波と寄せ、波と引く

夏の年と冬の年

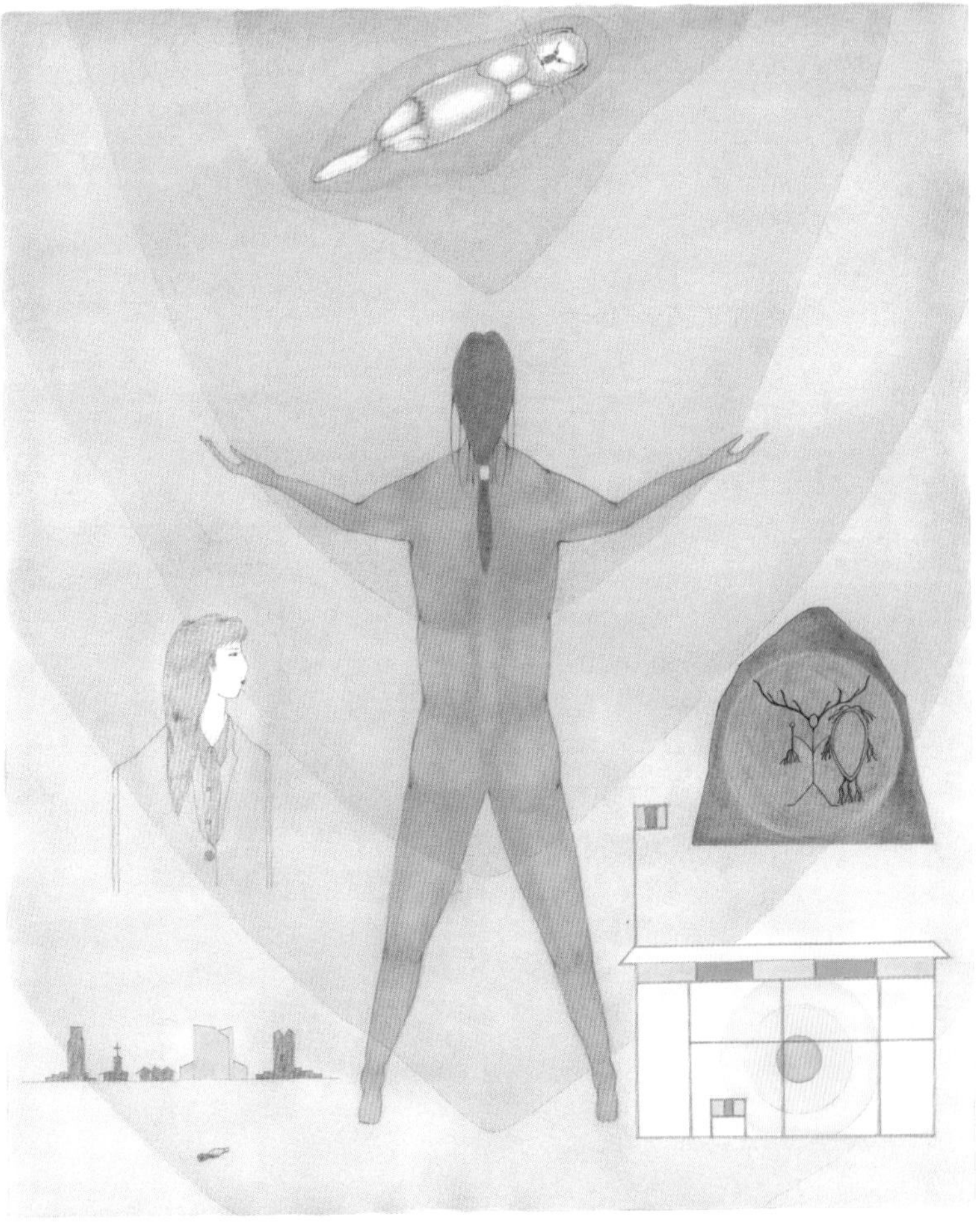

わたしは
ときに身を任せ、ときに身を捩《よじ》る
何時《いつ》しか
あなたのなかで
わたしは成就《じょうじゅ》する

浜通りに面した不動院の裏小路は、数軒の飲み屋街で
昼間はひっそりとして、まるで神話が描く創世前夜の空虚を想《おも》わせる。
東風《メナシ》が吹けば、時化《しけ》た海は渾沌《こんとん》として、国造《コタンカラ》りの神《カムイ》も仕事にあぶれ
浜の男どもと裏小路へ繰り出し、夜通し飲み散らかし食い散らかし
あげくに、居酒屋「はまなす」のゴミ溜めから湧《わ》いた饐《す》えた臭いは
雪解けのぐだぐだ道を彷徨《さまよ》い、不動院の朱塗りの軒へ這《は》い上《のぼ》ってゆく。
消《け》し炭《ずみ》色の烏《からす》の翼は、この浮世通《うきよどお》りの澱《よど》んだ空虚を切り裂き
神のしょっぱい食い残しへの未練を断ち切り、毅然《きぜん》と飛び立ってゆく。
ただ己《おのれ》の存在を示すためだけに、「カララク」と、甲高《かんだか》い一声を残し
死を知らぬ賢者は、久遠の神話の蒼穹《そうきゅう》へと——

わたしが知ってしまったことを
あなたは知らない
わたしが失くしてしまったものを
あなたは失くさない
時のなかで
わたしは仰ぎ見る
時のない
あなたの蒼穹を

後志《しりべし》信用金庫の支店長代理は、定年間近の髪の薄い男で手宮洞窟の壁に描かれた、頭に牡鹿《おじか》の角《つの》を生やしたシャーマンの末裔《まつえい》。融資の審査をする男の託宣《たくせん》は重いと、巷《ちまた》ではもっぱらの噂だが
その実、十数年も前に焦げ付かせた案件を、未《いま》だ気《き》に病《や》む日々。
「また折《おり》も折、女房に逃げられた直後でして……そんなこんなで、
すっかり信用を無くしてしまい……まさに、冬の時代でしたよ……」

休みの日には釣り竿を担いで、支店から目と鼻の先の海辺をぶらつき
石油タンクの陰の油じみた岸壁から釣り糸を垂れる。そして
隣の見知らぬ釣り人の空《から》バケツに向かって、気安く声をかける。
「夏の山並みが遠く感じられる、こんな日は、きっと釣れますよ……」
そんな折《おり》の男の託宣には、いささかの迷いも後悔もない

空っぽなわたしは
あなたを待ち受ける
わたしの知らないわたしが
あなたで充《み》たされてゆく
ひと時の慰めと
さらなる空《むな》しさを残して
あなたは過ぎてゆく
そんな折、わたしは
知らないわたしを知る

――石狩《いしかり》の海に黄金のラッコが現れ
海辺の六つの村《コタン》から六人の勇者が銛《もり》を手に、舟を漕ぎだしていった
黄金のラッコは猛《たけ》り狂い、吹雪《ふぶき》と時化《しけ》を呼び
六人の勇者はことごとく敗れ去り、再び村へ戻ることはなかった――

シベリアから寒気が南下し、石狩湾に特有の低気圧が発達すると
猛吹雪の夜に備えてというので、浜通りに一軒しかないコンビニは繁盛する。
さっき来た客は店員と一言二言《ひとことふたこと》、言葉を交わし、何も買わずに帰っていった。
「おにぎりも弁当も、菓子パンさえなくって気の毒したが……近所の
独り暮らしの婆さんでね……いつもどおり一晩中開けてるよって言うと、
『こんな日は、家《うち》の窓から店の灯《あかり》が見えるだけで安心する……』ってね……」

――ひとりの若者が素手《すで》をひろげて、黄金のラッコに呼びかけた
「あなたは魔物《まもの》だそうですが、真《しん》の魔物は、ほら、ここにいますよ……」
魔物は身を捩《よじ》らせて笑い転げ、自ら若者の手に身を委《ゆだ》ねた――

あなたへの恐れは
わたし自身への恐れ
あなたに向かい

素手をひろげて
わたしは
わたし自身となる
あなたは
たったひとつの灯

ベイエリアのホテルが、香港資本《ほんこんしほん》の会社に買収されたとき
まだ若い彼女は、髪を後ろで束ねてフロントに立っていた。
「若い社員の大半は、他のホテルへ移って行きました。でも、わたし、
どうしていいかわからなくって……」
あの頃、鉛色《なまりいろ》の冬の海に向かって、そう呟《つぶや》いていたが
今では、彼女ももう若くはない。
「かなわない恋……それは、初めからわかっていました。でも……
いいえ……だからこそ……清算《せいさん》にはずいぶん手間《てま》取りました……」
彼女は微笑んで、「フロントのくせしてね……」と、言い添える。
今日の微笑《ほほえ》みが、ひとときわ眩《まぶ》しく感じられるのは、なぜだろう。

「このブルーのスーツ、わたしに似合うでしょうか。ホテルに言って、新調してもらいました。ここは、ベイエリアですもの……」

それは、夏の海の、あの吸い込まれるような深い碧《あお》

微笑んで
あなたは
海へと流し去る
過去は、水底《みなそこ》の深い碧となり
諦めは、水面《みなも》の煌《きら》めきとなる
誘《いざな》われて
わたしは
微笑みの海に漂う

手宮線の廃線跡と背中合わせの空家《あきや》の前で、わたしは、ふと立ち止まる。もう使われなくなった二棟の穀物倉庫が衝立《ついたて》となって、姿こそ見えないが朝靄《あさもや》と甲高《かんだか》く谺《こだま》す船の汽笛、それに潮《しお》の匂いが、夏の海の近さを感じさせる。

「年寄り夫婦が死んで……さァ、だいぶ経つがねェ……まあ、遺産にゃ違いなかろうし、冬場は、たまァに札幌から息子が来て、屋根の雪下ろしくらいはしてるようだが……どうするものやら……売《う》っ払《ぱら》うにしても、町自体がこんな有様《ありさま》じゃ、買い手がつくかどうかもねェ……」

場末《ばすえ》の町の町内会長は、そう半《なか》ばぼやき気味に言っていたが

この息子というのは、わたしと中学の同窓で、中二のお盆の夜だったか仲間五、六人がこの家で待ち合わせて、港の精霊流《しょうりょうなが》しに行ったことがある。

色白の小柄な母親は、少し熟《う》れすぎたスイカに食塩を振りかけながら「昔は、ここから海を見渡せたのよ……」と、にこやかに話していた。

それっきり、この家に来ることはなかったが——

空家の荒れ果てた庭の隅に、夏の日を浴びて咲くサビタの花は

まるで時の流れに晒《さら》されたかのように、どこまでも白く、不思議に潔《いさぎよ》い

願わくは

あなたに

悔いなく抱《いだ》かれんことを

あなたは

見えない海

地《ち》名《めい》考《こう》

一　ヒロシマのための五章

――祖母　大山照子《おおやまてるこ》に――

I

八月六日ヒロシマ――それは、刻印《こくいん》である。祖母、大山照子の生身《なまみ》の体に捺《お》された刻印――なればこそ、この刻印は、俺にとって歴史の名に価する。
ばあさんよ……あんたは死に、その刻印は生きつづける

その日
紅蓮《ぐれん》の劫火《ごうか》は
人の世の罪を引き裂いて燃えた

そして、ひとは
干からびた泥の縄となって
地を這《は》いずった

灼《や》けつく熱を遮《さえぎ》るすべもなく
干からびた泥の縄は
溜まり水に頭を突き入れた

その日
紅蓮の劫火は
人の世の癒《いや》しがたい渇きとなった

II

「ほんまに、神も仏も、ありゃァせなんだのォ……」
ばあさんは、ほかに言葉を知らなかった――そう

あの日のヒロシマでは、絶望することが……否《いな》、唯一そのことだけが
生きている証《あかし》だったのだ。
絶望の地平の、なんと果てしないことか

激しい風に煽《あお》られ
爛《ただ》れて燃え落ちた街

この街角に
昨日の面影はすでになく
明日を語る者はさらにない

ただ今日という日だけが燻《くすぶ》りつづけ
噎《む》せ返る死臭を漂わせる

この街角に
人は、絶望と背中合わせに佇《たたず》み

強いられて目を閉ざす
その姿勢のままに
今日という日さえ葬り去ろうとして

Ⅲ

俺は三つの頃まで、ばあさんの背に負ぶわれて育った。それからも、高校を卒業するまでずっと、ばあさんに見守られて暮らした。三日とあけず墓参りにゆくひとで、俺もよく姫榊《ひさかき》や線香を持ってお供した。

ただ、そのばあさんが被爆者だと知ったのは、家を出て働きだしてからのことだ。おかしな話だが、孫の俺にさえ……否、だからなおのこと、知られたくなかったのか……

人の心とは、得てしてそんなものなのだろう

あの日、ヒロシマの空を覆い

そして、今なお覆いつづける
巨大なキノコ雲
それは、人の心の似姿《にすがた》

Ⅳ

被爆者にしては……と言えば、語弊《ごへい》があろうが、ばあさんは元気なひとで、喜寿《きじゅ》を迎えても、四国八十八ヶ所の遍路《へんろ》に出ていた。そんなこんなで、自分でも思いのほか長生きしたようだ。

「ばあちゃんらァ、とうに死んどらにゃァいけんかったのになァ……」と言いながら、戦後半世紀余り生きて、天寿を全うした。

「……じゃけェなァ、今のこの命は、拾いもんじゃ思ォとるんヨ……」

にわかに降りだした雨が
暗くたゆたう川面を打つ

死の灰に染まる雨

どれほどの悲しみが化して
あの、どす黒い雨となったのか

死の雨に打たれて
人は、いつしか化身した

癒しがたい渇きを抱く生贄《いけにえ》の魚

死の雨に洗われて
生きる力は呼び覚まされた

どれほどの畏《おそ》れが化して
あの、ほの明るい望みとなったのか

そして生贄の魚は
暗くたゆたう川に、自らを捧げた

V

ばあさんが死んだとき、みなで湯灌《ゆかん》をして、四国霊場《れいじょう》の御朱印《ごしゅいん》が捺《お》してある帷子《かたびら》を着せてやった。お大師さんと先帝（昭和天皇）を、ことのほか崇拝していた。今の皇太子が晩《おそ》い結婚をされてからは、御子《みこ》誕生の報を心待ちにしていたが、とうとう聞かぬまま逝《い》った。

四十九日《しじゅうくにち》が終り、俺と妻とで役所へ被爆者手帳を返しに行った。今思えば、形見にとっておけばよかったのだが、その時は、なぜか思い至らなかった

忽然《こつぜん》と現れた原子野《げんしや》
一瞬の夏の嵐は

永遠の冬枯れをもたらしたかに思われた

身も凍る光景のなかで
人は、蒼《あお》ざめて口ずさんだ

「残された種子は　自らを固くする
　まるで、男のように
茫々《ぼうぼう》の荒野《あれの》は　柔らかな褥《しとね》となる
　まるで、女のように」

低くうたい継がれる、その歌に
私《ひそ》やかな祈りをこめながら

二　おまえが一株《ひとかぶ》の新しい根だということは

鉄の都市の春は、慈雨《じう》をもたらす春一番が吹くより早く方々から飛来した大群の渡り鳥によって告げられた。
かれら出稼ぎの労務者たちは一様に、しかもなぜだか冬をそれぞれの故郷で過ごし、農事が始まるというその矢先に旅立って市の辺縁《へんえん》、ここ俺たちの町の一隅《いちぐう》に、かれらの夏村《なつむら》を営んだのだ。
四国へ渡るフェリー桟橋と公設市場《こうせついちば》が、活気を添えるというよりはむしろ、そのうら寂びた姿によって、否応《いやおう》なく場末《ばすえ》の雰囲気を醸《かも》し出す港町
そんな町でも、とりわけの場末にある安下宿屋に一膳飯屋《いちぜんめしや》
廃材に埋もれた銭湯、それに腐れたドブ川端に根を張る一本の無花果《いちじく》の木
そんなところが、かの夏村の一揃《ひとそろ》え。
あれは、大製鉄所の操業間もない七十年代初頭のことでまだガキの俺たちは、近所の空き地で三角ベースの野球に興《きょう》じていた。
「あなたたちが話しているのは、ここの方言なんですヨ。

感心しませんネ。他所《よそ》から来たひとたちは、そのあまりの汚さに、たいそう驚くといいますから……」

(俺たち流には——「おみゃァらがしゃべりょォるなァ、うちらの備後弁《びんごべん》なんでェ。いけんのォ。旅の奴らァ、そらァむげェんで、ぶちたまげるそォじゃ……」——となる)

小学校の女教師に突然そう教えられて、無辜《むこ》のガキどもは一時《いっとき》、互いの言葉の「あまりの汚さ」とやらを卑《いや》しめ合って腹を抱えてゲラゲラ笑っていたが、ひとしきり笑うと後《あと》には、雲を掴《つか》むような惨《みじ》めさだけが残ったものだ

この土地に絡《から》みつく根から、いったい何が生《お》い育ったのか。

——それとも

俺たち自身が、一株一株の根だったのか。

根は、重力に逆らう幹や枝の性向《せいこう》を知らず

葉の艶《つや》やかな緑、葉脈《ようみゃく》に沿って流れる私《ひそ》やかな営みを知らず

花の精妙《せいみょう》な色合いや匂い、そして稔りの秋《とき》さえも知らない。

しかし、知ることが、いったい何になろう
根は総てを内蔵し、黙契《もっけい》しているのであってみれば——そう
俺たちは、根たり得《う》るはずの根、根らしからぬ根そのものだったのだ。
夏には、瀬戸内地方につきものの渇水で、ガキどもは
小学校のカルキ臭いプールにさえ、週に一度入れればメッケモノ
庭先の海は、工場廃液で汚され、とても泳げたシロモノではなかった。
残りの日は、公設市場わきの駄菓子屋で待ち合わせ
干からびかけた溜池《ためいけ》で鮒《ふな》をすくい、雨蛙《あまがえる》を餌にしてザリガニを釣った。
永い一日の終り、ドブ川沿いの家路をトボトボ辿《たど》りながら——
(思えば、それは
カラカラの馬糞《ばふん》がこびりついた、ガキどもの第二の産道だった……)
——ガキはガキなりに、その夜おきるだろうことを夢想していた。
(ザリガニちゅうなァ横道《おうどう》な奴らじゃけェ、共食《ともぐ》いしよるでェ。
たぶんこの、いっちょ弱ァのからやられらァ……それンして、
わしも、腹ァすいて喉カラカラじゃ……)
数限りない夢想が、飢え渇いた根には絡《から》みついていた——いや
それら絶えざる夢想こそが

かろうじて、根を根たらしめていたのかも知れない――
夏村の前を通りかかると、風呂あがりのサルマタ姿の労務者たちが
紫に熟《う》れた無花果の実をもいで、ムシャムシャかぶりついていた。
かれら渡り鳥が、どれほど上品な言葉を話すのか
あの小学校の女教師ですら、知るよしもなかったろうが

長い間ほっとらがしにされていた工場跡地――もとは
船の碇《いかり》を鋳造《ちゅうぞう》する家族経営の町工場だったが、にわかに潰《つぶ》れて
俺たち憧れの的《まと》、髪の長いひとり娘は、なにやらあっけなく
広島近郊のとある町へ越していった――いつだったか、ここで
四国は高松から来たと称する香具師《やし》が、マムシ薬を商《あきな》ったことがある。
なんせ咬《か》まれると、たちまち体が腐ってくるという毒蛇を
素手で扱える男の興行だ。飢え渇いたガキどもが
児童公園で見る少々エロティックな紙芝居《かみしばい》以上に興奮させられたのも
およそ無理からぬはなしだろう。
「さァてお立会《たちあ》い……マムシの毒ほど恐ろしいものは、この世にまたと

ありませんがの……じゃが、毒を以《もっ》て毒を制すの諺《ことわざ》どおり、なればこそ妙薬《みょうやく》にもなるんでしてな。取《と》り出《いだ》したのが、その薬……蓋《ふた》をとるならば……ほれ、鼻にツンときますじゃろ……これが、マムシの毒の臭いでしての。まあ、クサさは、この際ご勘弁《かんべん》願うとして……用い方は、しごく簡単。こうして少量手にとって、患部とおぼしきあたりに塗るだけでよい。ただし、塗り過ぎても、またいかん……なにぶん、オソロシク効《き》く薬ですんでの。

効能としては、万病に効くと言いたいが……そう言うては、嘘になる……じゃが、たいがいのことには効くと言うてよろしかろう。

切り傷・すり傷・虫刺されから、シモヤケ・アカギレ・湿疹にカブレ、ハタケ・シラクモ・アセモにニキビ、インキン・タムシ・水虫に痔《じ》、肩こり・腰痛・神経痛、打ち身・捻挫《ねんざ》に至るまで……もっとも、飲み薬ではないゆえ、胃痛・胸やけ・下痢・便秘にはチョイト無理じゃが……頑固な頭痛などは、両のこめかみに一塗《ひとぬ》りするだけで、たちまち痛みがひくというシロモノ。しかもじゃ、殿方《とのがた》には、また別の効能もありましての……はは ァ……その顔つきからすれば、すでにお察しのことと見受けるが……さよう、コトに先立ってモノに

塗っておくならば、精力絶倫《せいりょくぜつりん》、ご婦人方が泣いてヨガルこと
請け合いのスグレモノでしての。むろん、これもまたホドホドにと
申しておきましょうかの……老婆心《ろうばしん》ながら……」
（なんと、すげェもんじゃ……わしらの知らなんだ、きょうてぇ魔法でェ……）
――が、どうしたわけか
香具師《やし》の口上《こうじょう》が済むと、市場通いのご婦人方は、嬌笑《きょうしょう》を残して潮と引き
件《くだん》の魔法に魅入《みい》られて大枚叩《たいまいはた》いたのは、サクラ役の若い男を除けば
四、五人の夏村の労務者と、三人連れの中国人船員だけだった。
この工場跡地には、やがて八階建ての白亜《はくあ》のマンションが建てられた。
企業城下と謳《うた》われた市に
「鉄冷え」の秋風が立ち初《そ》める、八十年代初頭のことだ

南京《なんきん》ハゼの紅《あか》く色づいた葉が、しきりと風に舞い散る晩秋の夕暮れ
あれだけ大群だった渡り鳥も、一羽また一羽と
まるで追い払われるように、ひっそりと夏村を飛び去っていった。
鉄器時代の黄昏《たそがれ》

無花果《いちじく》の実の熟す季節は終り
かの夏村も、しだいに棲《す》みづらくなっていったのだ。
むろんかれらとて、ここに安住の地を夢想していたわけでもなかろうが……
そして、かつてのガキどももまた、それと軌《き》を一《いつ》にするように
場末の港町を捨てて、それぞれ思うさまに旅立っていった。
(そらァ、なんちゅうても東京じゃ。こげェな辛気臭《しんきくさ》ァ町に無ァもんが、
都会にゃァ、そらァぎょォさんあるでェ。わしらの夢ちゅうもんがのォ……)
つまりは——(今は何も無い。これまでも無かったし、
おそらく、これからも無いだろう)——という意味合いだ。

永い夢想時代の黄昏
第二の産道を抜け出る秋《とき》
俺たちは、いったい何の代償として、振り払い、捨て去ろうとしてきたのか。
強《し》いられるままに、あの絡みついてくる夢想の数々を——それとて
俺たちが真っ先に振り払い、捨て去ろうとしてきた自らの言葉
あの惨めな「俺たち流」でしか、言いあらわしようのないものなのだが——
『せっせがせ　長吉《ちょうきち》でぶちに根ェ植えて
その根ェ掘んなァ　根ェ掘んなァ

上《かみ》へ参ろと出かけたら
後《あと》からお小夜《さよ》が泣いて来る
泣いて涙は何処《どこ》へ行く
泣いて涙は船に積む
船は白金《しろがね》、艪《ろ》は黄金《こがね》
ヤーンレ押せ押せ都まで
都みやげに何もろた
何もろた……』

都帰りの俺たち長吉、その時になって初めて、はたと額に手をやっておのれ自《みずか》ら、一株の根であることを悟った始末《しまつ》。
あるいは振り払い、捨て去ろうとしてきたものの代償として――それとも掘り返された根に、なおも絡みついてくる、夢想の欠片《かけら》とでもいうべきか――

鉄の都市の冬
大製鉄所の溶鉱炉の火が、ひとつ、またひとつと消えていった。
かつては不滅の火と謳《うた》われた三基の溶鉱炉が、夜空を赫々《あかあか》と染めていたが今ではその夜空を彩るものも、すっかり様変わりしてしまった。
八階建ての白亜のマンションから、厚く着飾った女たちが出てゆく。
彼女たち、飲屋勤《のみやづと》めのフィリピーナで、日本の寒さは身に沁《し》みるのだ。
なかのひとり、黒いゴミ袋を提げた女には、「ゆき」という名の娘がいる。
俺たちも、今ではたいがい女房もち、ひとりふたりの子の親
かく言う俺の娘も、混血のゆきとは幼稚園のクラスメイトだ。
「あたし、夜はエンジェル・ハウス行って、アニメのテレビ観て寝るの。
それからママが迎えに来て、眠いのに起こすのヨ。それはヤだけど、
ママ、チョコボールくれるし、バンブー・ダンスも上手なのヨ。
今日はお休みだから、ママ、街のバザールでお買い物、新しいパパとネ。
クリスマスには、プレゼント持って、フィリピンのおばあちゃんち行くの。
おばあちゃんちには弟がいてネ、みんなで教会行って、お祈りするのヨ。
それからママ、弟も連れてきて、新しいパパと四人で暮らすんだって……」
ゆきが、たどたどしい日本語で話すのは、紛《まぎ》れもなく夢想であり
それはおそらく、あの「俺たち流」と、さして変わらないのだろう。
ここ場末の港町
フェリー桟橋や公設市場は寂れ果て、夏村や渡り鳥も姿を消した。

相変わらずのものといえば、腐ったドブ川端に根を張る無花果の木
もっとも、今は誰ひとり、熟れたその実をもいで食おうとはしないのだが……
「前のパパも、新しいパパも、日本人なの。前のパパが、ホントのパパでネ、
あたしに『ゆき』って名前つけたの、そのパパなんだって……でもネ
あたし、そのパパのこと覚えてないの、ママがリコンしちゃったから……
おじちゃん……おじちゃんは、あたしのホントのパパのこと知ってる……」
どうやら「ゆき流」の夢想は、「俺たち流」より、よほど切実なようだ。
俺はただ黙っていたが、できることなら、こう答えてやりたかったのだ
――ああ、ゆき、知ってるさ。ホントのパパのことはどうあれ、
おまえが一株の新しい根だということは、よォく知ってるとも――と

三　深津島山《ふかつしまやま》

その小高い丘に登り、空《から》の鳥籠《とりかご》を頭上に掲《かか》げる

おふくろが患《わずら》ってから、はて何年経ったろうか――
俺はそんなことさえ、さだかには思い出せなかった。
入院先の病院へ向かう道すがら、親父《おやじ》に問うと
「そォよのォ……もう、かれこれ足掛け七年《しちねん》になるかのォ。
今じゃ、癌《がん》はからだぢゅうに広がっとるらしんじゃが、
げんに、わしも、これほどもつたァ思わなんだのォ……」
そう、こともなげに答えた。その言葉に
俺はかえって、今の親父の胸中を見る思いがした。
吉津堀《よしづぼり》の岸を歩き、三枚橋《さんまいばし》を渡ると見えてくる白い病院の建物
堀端《ほりばた》のシダレ柳の並木は、今年も浅緑の若葉を萌《も》えたたせ

ヘドロだらけの用水堀の澱《よど》んだ水面《みなも》に、瑞々《みずみず》しい枝を垂れている。

「あの涼しげな柳の並木だきゃァ、昔のまんまじゃけェど、うちらァ子供ン頃は、ここいらから千間土手《せんげんどて》まで、一面の田んぼじゃったけェ、夏ンなると、このお堀にも、蛍《ほたる》がよォけ飛んどったんヨ……」

入院して間もない頃、病室の窓から腐りかけた堀を眺めやっておふくろは、そう懐かしげに話したことがある。

かれこれ足掛け七年――おふくろの内に澱《よど》んでゆく嘆きや諦めそんなものにすら、親父はなお、静かな命の鼓動を感じていたのだろう

丘の麓《ふもと》にある小さな祠《ほこら》は、ガキの頃の溜まり場でその閉じられた鎧戸《よろいど》の内には、いったい何があったものやら――

「エンガチョ、エンガチョ……エンガチョ、エンガチョ……」

俺が物陰に、まだ生まれて間もない子犬の死骸を見つけた折のこと突然まわりの子らが、そんな囃《はや》し声をあげて逃げ出していった。

俺は呆気《あっけ》にとられ、それでも必死に後を追おうとした。

鬼が追いつくすんで、無辜《むこ》の子らは手で奇妙な印《いん》を結び、また口々に

「縁切った……縁切った……おみゃあたァ、縁切ったでェ……」
ガキの俺は為す術《すべ》もなく、途方《とほう》に暮《く》れて、ひとり祠の石段に腰を下ろした。
人の世に生まれた浅からぬ因縁《いんねん》、またその不可解さ——それもこれも
あの祠の固く閉じられた鎧戸の内に、ひっそりと座ってござったとは……

こうして、たまに帰郷して、申し訳にする見舞い
俺は努めて平静を装い、おふくろの病室へ入ってゆく。
俺のその素振《そぶ》りは、しかし、すぐに行き場を失って立ち尽くす。
病床のおふくろの萎《しな》びた右腕には点滴、両の鼻腔には酸素吸入
そして右股《もも》には、痛み止めのモルヒネの細い管が通されている。
「ここひとつきほど前から、えろォ痛がりだしてのォ、
控えとった痛み止めも、入れっぱなしにしてもろォたけェ、
コンとおり、いちんちぢゅう、うつらうつら眠りっぱなしよォ……」
おふくろの窶《やつ》れ果てた寝顔を覗き込む俺に、親父は
やはりこともなげに言って、薄い笑みさえ漏らす。
かれこれ足掛け七年——過ぎていった時間の、手痛いしっぺ返し

なるほど……傍観者ほど、かえって意気地《いくじ》のないものだ。

「もォはァ麻薬中毒で、起きとってても朦朧《もうろう》としとるが、かとゆうて、へんに正気のまま苦しますよりゃァ、ソンほうが、本人のためにゃァ、なんぼかよかろォてェ……」

俺は息苦しさを覚えて、開け放された病室の窓辺に立つ。

「なんともゆえん、饐《す》えたような臭いがしょォがァ。脳の腫瘍《しゆよう》がはじけて、右耳の脇に大けェ穴が開いてのォ、そっから流れ出す膿《うみ》の臭いよォ。こやって窓を開けっぱなァて、消臭剤も置いとるんじゃが、そンでもクサかろォがァ……」

親父の言葉を背中に聞きながら、俺は、ひとつ外気を深く吸い込む。

網戸越しに見る、見慣れた深津の丘が、妙に間近に感じられる

深津――深い入り江の奥の港
『むかし穴の海に年経《としへ》たる大蛙《おおがえる》ありしが、ある時
蔵王《ざおう》の峰より大蛇這《は》い来《きた》りて、これを呑まんとす。
蛙、這い廻り、せんかたなく、恐ろしさの一念凝《こ》って石となる。

大蛇また大いに気を落とし、ここに死したり。その骸《むくろ》、
穴の海の岬となり、今に深津島山と称せられ……云々《うんぬん》』
往古《おうこ》、深津は、鞆《とも》や尾道《おのみち》よりも栄えた瀬戸内の泊《とまり》で
船乗りの陸《くが》あて、深津島山は、万葉の歌枕ともなった。
『道の後《しり》　深津島山
しましくも　君が目見ねば
苦しかりけり』

俺は溜息をつき、また外気を深く吸い込む。
春のやわらかな日差しを浴びて、緑滴《みどりしたた》る深津の丘
おふくろの口を借りれば――「あの島山だきゃァ、昔のまんまじゃし、
ずうっと、このまんまなんじゃろォなァ……」――とでもなろうか。
もっとも、この風景も、せいぜい近世以降のこと――
穴の海に注ぐ芦田川《あしだがわ》は手のつけられない暴れ川で、氾濫を繰り返し
深津泊を砂に埋め、島山と称《たた》えられた美しい岬を、内陸の侘《わび》しい丘に変え
歌枕の佳景を台無しにしてしまったのだとか

ただ、「深津島山」という往時の名だけを、今にとどめて――
俺は窓を離れ、あらためて、おふくろの寝顔を覗き込む。
なるほど、傷口にあてられたガーゼに赤黒い膿が滲《にじ》み
その腐れた臭気が、なおさら鼻を突く。
「たしかに、なんとも言えん臭いだな……」
俺は呟《つぶや》き、親父に、ちょっと顔をしかめて見せる。
「じゃがのォ、医者がゆうにゃァ、こやって腫瘍が外側にはじけて、
膿が流れ出ァてくれたおかげで、今までなんとかもったらしいわァ。
これが内側にはじけとったら、溜まった膿が脳を圧迫して、
とォのむかしに、意識はのォなっとったらしい。
じゃけェ、このクサさにも、そうそう文句はゆえんのんよォ……」
親父は、何やら冗談めかして言い、ベッド脇の椅子にゆるゆる腰を下ろす。
その言《い》い草《ぐさ》に、俺は苦笑を返して、また逃げるように窓辺に立つ。
たとえようのない息苦しさを覚えながら……あるいは
この息苦しさこそが、俺自身の「かれこれ足掛け七年」
傍観者として過ごしてきた、時間の実相《じっそう》なのかも知れない。
――時は流れ去ることなく

あの深津泊を埋めた砂のように、いつの間にやら積もり重なってゆく
俺の心の奥深く鎮《しず》める、故郷《ふるさと》という名の泊《とまり》に――

小学生の頃、飼育当番だった黄色いカナリヤを逃がしてしまったことがある。

俺は放課後、こっそり空《から》の鳥籠《とりかご》をかかえて、深津の丘に登った。

(小鳥は、島山の雑木林に隠れていて、行けば、きっと出てきてくれる……)

淡い期待などではない、ガキの俺は、なぜかそう信じて疑わなかった。

(……そして頭上に空の鳥籠を掲《かか》げ、皆がやるように、口笛を吹いて誘えば、たちまち軽やかな羽音《はおと》とともに、舞い戻ってきてくれるに違いない……)と

「もっとも、コン臭いも、こやって寝たきりンなってからァ、
だんだん薄らいできたがのォ。そろそろ憎ったらしい癌の奴も、
観念しだしたんじゃろォてェ……ひとンからだンなかで
やれる限りンこたァやってしもォて、もォはァ余力もにゃァ……
かあさんの命ともどものォ……」

親父のその言葉を背中に聞きながら、俺は貪《むさぼ》るように外気を吸う。
なんと……皮肉とは、まさにこのことだろうか
病巣《びょうそう》の放つ腐臭《ふしゅう》はまた、おふくろの命の証《あかし》でもあったのだ。
かれこれ足掛け七年——おふくろは、病巣を養いつづけた
俺という子を宿し、養い育んだ、その同じ母胎で——
吐き気をさそう命の証が、いまさらのように告げる
俺という傍観者が、紛れもないおふくろの分身であることを。
「あの島山だきゃア、昔のまんまじゃし、
　　　　ずうっと、このまんまなんじゃろォなア……」
きっと、そうに違いない——深津の丘の坂道を
今も空の鳥籠をかかえた俺が、とぼとぼと登ってゆく。
あのなだらかな丘の辺《べ》に、遠からず、おふくろも眠るのだろう。
いちばん日当たりのいい斜面にある共同墓地に佇《たたず》めば、眼下に
故郷の旧い街並みが一望できる。そして、視界の限りには
茫洋《ぼうよう》とした瀬戸内の海が、小さな島影を浮かべて広がっている。
また性懲《しょうこ》りもなく、頭上に空の鳥籠を掲げる俺を、遠く誘《いざな》うかのように

四　母なるものの深い憐れみのうちに

二〇二二年二月二十四日
ロシアによるウクライナ侵攻の報を聞いて

本篇

この世の夜明け
初めての朝の光のなかで
人は
冷たく澄んだ鏡のような世界へと歩きだす
祝福された追放者となって──
「あなたは、わたしの似姿……
その重荷を負うもの……」
吹き荒《すさ》ぶ風にも似た声は、絶えずそう呼びかけるが

はたして、人は
この世界が映しだすもののなかに
（もしそれが幻影でないのなら——）
いつの日か
その声の主《ぬし》に巡り合うことができるのだろうか
いわんや、ありのままの自分自身の姿に——
せめて吹き荒ぶ風に靡《なび》く野草なら
年ごとに若々しく萌えだし、華やかに咲き乱れ
やがて潔《いさぎよ》く朽ち果てようものを
ありのままの自分自身を、悔いなく成就して

深く安らかな眠りに落ちた人を揺り起こす手
その手の、癒《いや》しに充《み》ちた温もりを
揺り起こされた人の、仮死した凍土のような心は
はたして許すことができるだろうか。
やり場のない怒りや憎しみを抱《いだ》きながら——むしろ

恐れや不安をかこつ人の浅い眠りは、幸いであろうに——
いづれにせよ、目覚めの時は訪れる。
冬の終りか、それとも春の始まりか
そんなどっちつかずの、生温《なまぬる》く湿っぽい夜が白み初《そ》めれば
五十六億七千万の齢《よわい》を重ねた永遠の淑女《しゅくじょ》
眠りと舞踏を司《つかさど》る女神は
その透きとおる肌に、色とりどりの衣《ころも》を幾重《いくえ》にも纏《まと》い
足音を忍ばせて、天上の門をくぐり抜けてゆく。
天上の門番は、ひどく一本気な性質《たち》の桂《かつら》の木の精霊
女神はいつものように、この老門番のために沈丁花《じんちょうげ》の香りを残してゆく。
頑固者がこよなく愛すると云う、あの仄《ほの》かな残り香を……
老人は、これまたいつものように、狸寝入りを決め込んでいるが
やがて、おもむろに霞む眼をしばたきながら
「ふっふっふっ……いつまでたっても、恥ずかしがり屋の小娘じゃわい……」
そう、苦笑交じりに独りごちる。
もうその頃には、当の恥ずかしがり屋の小娘は
まだ薄汚れた残雪に覆われ、憐れみを乞うがごとき地上に舞い降りている

海岸通りの五十嵐写真館が、春を待たずに店仕舞いする。
「観光振興会の幹事の手前、渋々つづけてはいるが……客なし、儲けなし、
あるのは無用なしがらみばかり……もう年だし、そろそろ潮時《しおどき》かな……」
ここ何年も、店主のそんな繰《く》り言《ごと》を聞かされてはきたが
はて、この老写真師の本音は何処《どこ》にあるものやら……
人が、「そろそろ潮時かな……」などと口にするのは
たいがい、とうの昔に潮目《しおめ》が変わってしまった後のはなし。
潮目は、読むものではなく、推《お》し量《はか》るもの——どうやら
人には、潮時を逸《いっ》してまで守らねばならないものがあるようだ。
ただ、その正体は、哀しいかな
他人はおろか、当の本人にすらよくわからない
まるで雲を掴むようなもの——人は
そんな正体さえ知れないものを失うことに怯《おび》え、暮らす。
それをこよなく愛し、かつ激しく憎みながら——
この地上の門は、天上も羨《うらや》む壮麗さで

『黄金《おうごん》の門《もん》』などと呼ばれてはいるが、朝っぱらから
扉の内と外で、「入れろ……」「いや、入れぬ……」の諍《いさか》い。
内の人と外の人、まんざら知らぬ仲でもなかろうに……もっとも
それゆえに、かえって諍いの根は深いのかも知れない
あのやり場のない怒りや憎しみを、互いにつのらせながら……しかも
肝心の門番はといえば、下手な巻き添えは御免被《ごめんこうむ》るとばかりに
見て見ぬ振りを決め込む始末……無理もない
それは、いつ終るとも知れない……いや……そもそも
いつ始まったのかさえ知れない、根深い痼《しこり》のような諍いなのだから

あまねく降り注ぐ日の光の下《もと》
この世の渾沌《こんとん》に紛《まぎ》れて
運命は、ひっそりと佇《たたず》む
永い時の流れに晒《さら》され
苔むした古代の日時計のように……そして
ひび割れてしまったこの世界に射す、その影は

移ろう日脚《ひあし》とともに、いささかの逡巡《しゅんじゅん》もなく
ただ坦々《たんたん》と巡りゆく
そんな移ろいゆく運命に
人は
時に身を任せ
時に身を捩《よじ》る
干乾《ひから》びかけた意志の力を振《ふ》り絞《しぼ》りつつ――
彷徨《さまよ》いゆくこの世界は
さながら祝福された荒野
絶望の地平は果てしなく
希望の道のりは遙かに遠い

胸の奥に秘められたものは、いつか現れでる。
もっとも、あの天上の老門番が
「そいつには、くれぐれも御用心……御用心……」
いつになく真顔《まがお》で、そんな警句を口にするのも、もっともなはなしで

現れでたものは、当の秘められたものとは似ても似つかぬ姿をしていて他人どころか、本人すら欺《あざむ》かれてしまうほどだとか。

「むろん……それとて

おまえさんの胸の鼓動には、違いないのじゃがな……」

さて、地上に降り立った女神は、自《おの》ずから荒ぶる踊り子に豹変《ひょうへん》し衣《ころも》を靡かせながら舞い踊り、地上に時ならぬ旋風を巻き起こしてゆく。

ひと舞いごとに、踊り子の胸は昂《たかぶ》り、舞踏は激しさを増しやがて憑《つ》かれたように地上を馳《は》せ巡り、踊り狂いながら幾重にも纏った色とりどりの衣を一枚、また一枚と脱ぎ捨ててゆく。

天上の蕁麻《いらくさ》の糸で織りあげ、同じく天上の藍《あい》や茜《あかね》、紅花《べにばな》や紫草《むらさき》鬱金《うこん》や五倍子《ふし》で染めあげられた衣が、惜しげもなく脱ぎ捨てられるごとにいや増す風は、地上の民草《たみくさ》をなぎ倒す勢いで吹き荒れさっきまで地上の門の内と外で諍いをおこしていた連中もやっと正気をとり戻し、ガタつく扉ひとつ挟んで背中合わせに身を寄せ合いただただ息を潜めて、為《な》す術《すべ》もなく、風が収まるのを待つばかり。

例の気の弱い門番も、今度ばかりは見て見ぬ振りをするわけにもいかず――明け方、諍いあるも、時ならぬ旋風にて止む。不幸中の幸い……――と

震える手で、業務日誌の備考欄に書き込む始末……それにしても
この期《ご》に及んで備考欄とは、よくぞ思いついたものだ。
——不幸中の幸い……今日も
　日は坦々と巡りゆき
　眩《まばゆ》い光は、あまねく地上に降り注ぐ
（たとえそれが意志なきものだとしても——）
　まだ薄汚れた残雪に覆われ
　憐れみを乞うがごとき、この地上なれば——
ようやく日の傾く頃
衣をすべて脱ぎ捨てた踊り子は、透けるような肌着姿となり
はだけた胸元も露《あら》わに
「言い寄ってくる薄情な殿方《とのがた》に、わたし、いつもこう申しておりますの
『あなたって、相変わらず隅に置けない方ね』って……」
誰にとはなく、それでいて、何やら聞こえよがしにそう言い放つと
夕日の最後の照り返しのなかで、静々《しずしず》と舞い収める。
吹き荒れていた風は、いつしか止み
やがて女神の姿は

地上を覆う大いなる影となって、日没とともに掻《か》き消えてゆく。
地上の民草から自《おの》ずと沸き起こる
「願わくは、あなたの胸の鼓動たらんことを……」
そんな、なんとも身勝手な、それでいて敬虔《けいけん》な祈りのうちに——
さて、嘘のように風が収まった海岸通りでは
最終日の営業を終えた五十嵐写真館の灯が消える。
薄暗い店内では、老写真師がひとり
我が身とともに年古りていった撮影スタジオを、ぼんやり眺めている。
何やら愛《いと》おしげな眼差《まなざ》しで……そして、ふと思うのだ
——ここで、何百何千の人を映してきた……男あり女あり
　生まれたての赤ん坊から百歳の年寄りまで……ただ
　それらはみな、同じひとつの似姿ではなかったのか——と。
夕闇に、仄かな沈丁花の残り香が漂う

この世の夜という夜に
人は、闇を映す水面《みなも》に小舟を浮かべて

たゆたう天河《てんが》の流れに身を任す
右舷《うげん》に、眠りをむさぼる世界を見やり
左舷に、眠ることのない世界を見やり
祈りにも似た舟唄《ふなうた》を口遊《くちずさ》みつつ
いざ、母なるものの御許《みもと》へ漕《こ》ぎゆかん――と
夜という夜は、しかし
非情なほどの潔《いさぎよ》さで白み初《そ》めて
母なるものの似姿――人は
甘く儚《はかな》い夢から醒《さ》め
この世は、ことごとく無に帰する
むしろ、母なるものの深い憐れみのうちに

備考欄

パステル・タウン――そんな
夢見心地の愛称をつけてはみたものの

北国の侘《わび》しい港町の商店街に、往時《おうじ》の客足が戻るはずもなく
ましてや凩が吹き荒ぶこんな日は、猫の子一匹通らぬありさま。
「よりによって、こんな日に店仕舞いとは……」
五十嵐写真館の店主の、そんな繰り言が聞こえてきそうだが
そこは、パステル・タウンの名づけ親のひとりでもある老写真師
下された運命に、我が身を委ねて
肌着姿もなまめかしい淑女に、畏《おそ》る畏る声をかける。
「願わくは、あなたの胸の鼓動たらんことを……」
まづは敬虔な祈りを捧げ
「麗しいそのお姿を、何枚か映させていただきました。御覧になり
お気に召すようなら、記念に焼き増ししてさしあげましょう……」と。
そんな身勝手な申し出にも、女神は慣れっこの様子
「まあ……あなたも、隅に置けない方ね……」と
まるで里山に棲《す》む夜告鳥《よるつげどり》が囀《さえず》るように呟《つぶや》く。
「滅相《めっそう》もない……徒《いたずら》に齢《よわい》を重ねた写真師気質《かたぎ》とでも思《おぼ》し召《め》せ……」
そんな、自負と自嘲の入り混じった老写真師の言い繕《つくろ》いを耳に
女神は、早春の木漏《こも》れ日のような眼差《まなざ》しを、件《くだん》の写真に注ぐ。

「ほんに……鏡のごとき、わたしの似姿ですこと……ただ、わたし
これまでも、そしてこれからも、ずっとこのままの姿でおりますゆえ……」
五十六億七千万の齢を重ねた永遠の淑女は、楚々《そそ》として応える。
まるで翠滴《みどりしたた》る谷間に谺《こだま》す夜告鳥の、陰《かげ》りない囀りのように――
「されば……これが、老写真師の最後の務めと思し召せ……」
女神の澄みわたる眼差しの下《もと》、人なるものの口から
自負も自嘲もない、憐れみを乞うがごとき言葉が、ふと零《こぼ》れでる。
女神の尊顔《そんがん》に、初めて涼しげな笑みが浮かび
「あなたは、この胸の鼓動……ありのままの自分自身でおいでなさい……」と
ひときわ高く囀り、この世に結んだ情をことごとく断ち切るがごとく
決然と背を向けて、天上への階梯《かいてい》を足早に駆け昇ってゆく。
次の刹那《せつな》
女神の姿はおろか、その記憶すら、この世から掻き消されている。
仄かな沈丁花の香りだけを残して――
老写真師はというと
一文《いちもん》の稼ぎにもならなかった最終日の営業を終え、いつもどおり家路につく。
仄かな沈丁花の残り香も、いつしか消え

昔ながらの潮臭《しおくさ》いパステル・タウンの煉瓦路《れんがみち》をとぼとぼと……いや
今日ばかりは、何やら噛み締めるような足どりで歩いてゆく。
なぜか、仄かに明るい思いを胸に――そう
まるで女神が断ち切った、あの情の切れ端が
その心の奥底に、微《かす》かに残されてでもいるかのように

天上の門の扁額《へんがく》には、祖神《そしん》の手によって
――結んだ情を断ち切ること
　くれぐれも怠《おこた》りなきよう――
そんな警句が、精霊の文字で刻み付けられ
その効験《こうけん》あって、天上界はいたって平和そのものだとか。
かたや、この地上では
『黄金の門』に限らず、門が据えられた処《ところ》には
何かと情に絡んだ諍いが絶えぬものらしい。
善くも悪しくも
その死すべき運命《さだめ》ゆえ、人の歴史は繰り返される――

まだ誰にも知られることのなかった、この北辺《ほくへん》の地に最初に辿《たど》り着いた人――祝福された追放者――は年代記の最初のページに、こう書き記した。

――元年　初日　北辺の地に至る。初めて海を見る。
　　　　　　　地文《ちもん》、平和なり。
　　　　二日　白昼、神示現《じげん》し、チパシリ、チパシリと歌ひて舞いたり。
　　　　　　　また夕刻、一鳥《いっちょう》飛び来《きた》り、チパシリと一声《いっせい》を残し去る。
　　　　　　　異声《いせい》なり、凶兆《きょうちょう》ならずや。
　　　　　　　畏ろしきことなり。
　　　　三日　明け方、霊夢《れいむ》あり。大いなる門ありて、金色《こんじき》に輝けり。
　　　　　　　これ、必ずや吉兆《きっちょう》なるべし。
　　　　　　　以《もっ》て、この地をチパシリと名づけ、永く留《とど》まることとし
　　　　　　　新《あらた》に紀元を建て、元年と為《なす》――

なにぶん神話時代のこととて、事の真偽は闇の中だが
かつてこの地が、今よりよほど平和だったことに異論はなかろう。
その他には、市立博物館の建設現場から
手厚く埋葬された古い鳥の骨が発掘されたことくらいだが

この妙に白けた骨は、出土した状態のまま保存され今に至るまで、博物館の展示品の目玉となっている。白く透きとおるような、その神秘的な骨もさることながら学芸員の解説は、さらに神秘的だ。

――さて……これ、骨格は鳥に似てございますが、透明な色艶《いろつや》からしてまさに神の使いであることを物語っておりまして……つまりはかの年代記の記述を裏書きするものに相違ないわけで……さすればチパシリという異声は、この骨がきしむ音と推察されますが……ただなにぶん貴重な骨ゆえ、実際きしませてみたことはございません。さて……ことほどさように、年代記の記述は正しゅうございますのでいづれ、かの金色に輝く大門《おおもん》の遺構《いこう》が発掘されるものと、心秘《こころひそ》かに夢見ておるところでございます――

実際、チパシリ海岸の段丘上では、これまでもそしてこれからも、繰り返される諍いの歴史ともどもあるはずの『黄金の門』を探し求めて、発掘がつづくと云う

夜の帳《とばり》が降りる頃、女神は天上に帰り着き
やはり足音を忍ばせて、天上の門をくぐり抜けてゆく。
門限があるわけでなし……老門番は
闇に浮かびあがる、その透きとおるように白い後ろ姿を見送りながら
天上で採れた極上のタバコを、のんびり燻《くゆ》らすばかり。
沈丁花の残り香と、タバコの芳《かぐわ》しい紫煙《しえん》が
じゃれ合うように絡まりながら、門の軒下に徘徊《たちもとお》る。
老門番は、軒の煤《すす》けた扁額に、ちらっと視線をやり
そして、ふと思うのだ
——わしの立場上、あの恥ずかしがり屋の小娘に言ってはやれぬが……
断ち切った情の切れ端が、微かに残ってしまうのは、まあ
仕方のないことで……また、そうでなくてはな……今日、おまえさんが
人の世に残したごとき情の切れ端なら、尚更《なおさら》のことに——と

母なるものの深い憐れみのうちに
この世は、ことごとく無に帰する

むしろ、それゆえに
人は
溜息《ためいき》がでるほど愛し、それでいて
溜息さえでないほど憎む
冷たく澄んだ鏡のような世界へと
また歩きだしてゆける
まだ薄汚れた残雪に覆われ
憐れみを乞うがごとき、この地上なれば
――願わくは
　我が死すべき運命《さだめ》に、祝福あらんことを――

五　物真似《ものまね》カケス

春まだ浅い北国の都市
大通りに面したハローワークを出ると
生温《なまあたた》かい雨が、道路っぷちに残る粉塵《ふんじん》まみれの汚らしい雪山を洗い
都会の人士《じんし》は、忙《せわ》しげに地下街への階段を降《くだ》っていったものだ。
「わたし、これから、ひとりで生きてゆくつもりです。
　人は、ひとりでは生きられないって、さんざん聞かされてきましたから……」
隣のブースの、まだ学生っぽさの抜けきらない若い女は
父親ほどの年配の相談員相手に、そんなことを話していた。
ハローワークには、それから何度も足を運んだが
この撥《は》ねっ返りの北国娘《どさんこ》を見かけることは、ついぞなかった。
あれからどうしたか……もっとも、三十年以上も前のはなしで
今では俺同様、すっかり年を取ってしまったろうが……
そんなわけで、南国生まれの物真似カケスたる俺も、知らぬ間に

このアイヌ語起源の異国風の都市の名を
俺流の「ジェー……ジェー……」という耳障《みみざわ》りな地声《ぢごえ》ではなく
いとも軽やかに、いささかの澱《よど》みなく
「サッポロ……サッポロ……」と、囀《さえず》れるようにこそなりはしたが
あの頃は、人波に急《せ》かされて、躓《つまず》き躓き地下街へと押し流される始末《しまつ》。
自分が何者かも知らぬ俺は、それを悟られまいと尊大ぶって、却《かえ》って
あまりにちっぽけな躓きの石に、けっつまづいてしまっていたのだ。
透けるように澱んだ地下街
一番街の、いつも閑散とした献血ルームの隣のカフェで
俺は、飽きるほど履歴書を書き、そのスカスカの書面を眺めながら
飽きもせず、酸っぱいレモンパイを、ジンジャーティーで飲み下したものだ。
地下街は、人間の底知れぬ欲望が探り当てた、都市の鉱脈で
実際、ここに無いものは、何ひとつとして無かった。
俺は、ただ横目に見やって、足早に通り過ぎるだけだったが
二番街のフリースペースに結界《けっかい》をむすぶ易者《えきしゃ》や占星術師は
俺の知らない俺自身さえ、探り当てることができたのかも知れない。
たしかに、彼らはひどく耳障りな地声で託宣《たくせん》をのたもうた。

——きみは、ここを去り
やがてまた、ここへ帰ってくる
だが、これは答えではない
きみが去ることと、きみが帰ってくることとは
まるで違うここなのだから——

問われない問いの
答えのない答え
俺はその答えを、例のスカスカの履歴書の志望動機に書き加えて
とりあえず、ここを去らねばならなかった。
三番街のどん突きの長い螺旋《らせん》階段を、時計回りにトボトボ昇り
季節はずれに巣立った物真似カケスは、渡りゆく先々で
「わたし、しばらく不在にしておりまして……ところで
ここは、いったいどこなのでしょうか……」と
わけもなく地声を憚《はばか》って、しらじらとした囀りで尋ねたものだ。
地に足が着いていない俺は、いつもどこかに居場所を求め、却《かえ》って
今いるその場所で、フワフワ浮きあがってしまっていたのだった。
履歴書に志望動機を書き加えた日

あれから三十余年——
立春もとうに過ぎ、雪祭りも終った二月の第四週
大通りに面したハローワークは、朝から思いのほか混雑している。
今年は雪が少ないかわりに、えらくシバレる冬で
俺たち定年退職者には、とりわけこの寒さが身に沁《し》みるというもの。
「誰に、何を、聞かされてきたかは存じませんが……ただ
人ひとり、どうしたって生きてゆかねばなりませんので……」
ベテランの相談員は、言外にそんな教訓を垂《た》れるかのように
慇懃《いんぎん》に挨拶し、事務的な作り笑いを浮かべる。
「やれやれ……」と
俺は、俺自らに向かって、シケた地声で呟《つぶや》き
とりあえず、失業手当の申請書類を受け取り、早々に退散する。
小雪舞う大通りに出て、南へトボトボ歩くと
ビルの谷間の吹き溜まりに、深い奈落《ならく》が口を開《あ》けて待っている。
地下街への長い螺旋階段を、反時計回りに降ってゆけば
ひと回りするごとに、見覚えのある物真似カケスと擦《す》れ違《ちが》う。
恥じ入るほど若い奴《やっ》らとの再会を、素直に喜ぶ気にはなれないが

さりとて、俺はその一々に、老けた顔を向けて目配《めくば》せをする。
奴らが返す目配せは、俺の黄ばんだ履歴書
ごくありきたりな寓話——
川端の下宿の庭に根付《ねづ》く楢《なら》の木に止まる奴の寓話
　奴もまだ青二才《あおにさい》
どこかにいる伴侶《はんりょ》を求め、気取った囀りを繰り返す
楢の木おやじ、そこは心得たもの
「若いの……老婆心《ろうばしん》だが、カケス落としにはまったように
おまえさん流の酷《ひど》い地声で鳴いてみな……そうでなきゃ
　ここの娘さん、寄っちゃあ来ないぜ……」
そうして、渋くて甘いドングリをバラバラ落としてくれる
罠《わな》にはまった物真似野郎は、どこかで焼かれて食われ
かろうじて難を逃れた奴は、ここで伴侶にめぐり逢う
裏路地の古いアパートを棲家《すみか》にする奴の寓話
　奴も、やっと所帯持《しょたいも》ち
ただ、若い女房の甲高《かんだか》い地声が、どうにも癇《かん》に障《さわ》ってしかたない
女房は女房で、奴の地声の理屈っぽさに、ほとほとお手上げ

それでもふたりして、樒の木おやじのドングリを
せっせと拾い集めては、分かち合って啄《ついば》む日々
そうこうするうち、なんせ渋くて甘い実ゆえ
渋味は、女房の地声の甲高さを、やんわり和《やわ》らげ
甘味は、奴の地声の理屈っぽさを、やんわり和らげ
奴ら、こともあろうに、互いの地声を擦《す》り合わせてゆく

四半世紀も郊外の社宅暮らしをする奴の寓話
奴も、なんとか一家《いっか》の長《ちょう》
社宅の狭い裏庭に、樒の木おやじのドングリを植えたはいいが
根付いたのは、おやじには似ても似つかぬ貧弱な子孫
それでも、少々小粒なその実で、なんとか家族を養い
ふたりの子も、素性《すじょう》正しいカケスに育てたつもりでいたが
なんのことはない、巣立ってゆく子らは、どこで習い覚えたものやら
摩訶不思議《まかふしぎ》な囀りを残して、遠く飛び去る始末
「ここはどこ……どこがここなの……
わたしはなに……なにがわたしなの……」
未熟で瑞々《みずみず》しいその囀りに、奴としたことが、思わず聞き惚《ほ》れている

——そんな、ごくありきたりな寓話
俺は、長い螺旋階段を、息吐《いきつ》く暇《ひま》もなく反時計回りに降り
奴らは、その同じ階段を、正しい時計回りの螺旋を描きながら
おそらくは、俺の命の終りの日まで、止むことなく昇りつづけることだろう。
澱んでなお透けるような地下街
一番街の、今日も閑散とした献血ルームの隣のカフェで
俺は、失業手当の申請書類の、突き放すような文言《もんごん》を眺めながら
ひと切れ222kcalのケチ臭いレモンパイを、ジンジャーティーで飲み下す。
地下街は、人間の底知れぬ欲望が探り当てた、都市の鉱脈で
実際、ここに無いものは、何ひとつとして無いのだが
いざ求めようとすると、何ひとつとして与えてはくれないのだ。
二番街のフリースペースに結界をむすぶ、見覚えのある易者に
足を止めるでもなく目配せをすれば、ふと、久しい不在を感じる。
老いた易者は目配せを返し、例の、ひどく耳障りな地声で託宣をのたもう。
——かつて、ここを去ったきみは
　今また、ここへ帰ってきた
だが、これも答えではない

ここを去ったきみと、ここへ帰ってきたきみとは
　まるで違うきみなのだから——
終りのない問いの
答えのない答え
二番街と地下鉄駅を結ぶ吹きっさらしの連絡通路を、トボトボ辿《たど》りながら
「また、ここからだな……」と
俺は、俺自らに向かって、苦笑交《ま》じりの地声で呟いてみる

ひと組《くみ》づつ

I

一　芥《け》子《し》粒《つぶ》を届ける

駅前ビルにある旅行社のカウンターでは、いつでも
（ただしat your own risk「暇と金は、あなた持ち」での話だが……）
まだ見ぬ自由の国へのチケットが手に入る。他には
パスポートと渡航認証、数枚の下着と室内履きのスリッパ
歯磨きセットとクレジットカード、それに手厚い旅行保険
あとは日付変更線を跨《また》いで、ごったがえす入国審査へ
靴を脱いで、ベルトも外し、入念なボディチェックと所持品検査
指紋採取と時差ボケの顔写真を一枚、麻薬犬にも一嗅《ひとか》ぎされて
たったそれだけで、晴れて自由の国へ歩み入る。しかも
春先のシーズンオフのこの時期は、宿泊代もお得《とく》ときた

春はまだ浅く
奥沢水源地《おくさわすいげんち》の木立の静けさに、時折《ときおり》
藤の実の鞘《さや》の弾《はじ》ける、妙《みょう》に乾いた音が響きわたり
ここへ追放された不如帰《ほととぎす》は、まだ歌わない

リヤコタン《冬越しの村》での深い眠りから覚めた春の女神が
褪《あ》せた黄色い裸身《らしん》に、山繭《やままゆ》の糸で織りあげた薄いベールひとつ纏《まと》い
公園通りのアイスクリームスタンドの軒先《のきさき》を掠《かす》めてゆくと
にわかに、露《あら》わで艶《つや》やかな春の陽ざしは降りそそぐ。
風に靡《なび》くその長い黒髪には、強い霊力が宿り
チョコチップ入りミントアイスに、甘い自由の気を吹き込み
「あーあ……このまんま、家出しちゃオッかな……」
「いいね……どっか、遠くへ行っちゃオッか……」
アイスクリームスタンドの店先では、男たちの視線を惹《ひ》きながら

女神の統《す》べる瑞々《みずみず》しい黄色い娘らが、どこか夢見心地《ゆめみごこち》に語らう。
「ならば、不如帰にでもおなり……」
やっと化粧を覚えたばかりの小娘に、年甲斐《としがい》もなく嫉妬《しっと》した女神は
そんな呪文《じゅもん》を残し、いささか弛《たる》みがちの肢体《したい》を翻《ひるがえ》し、去ってゆく。
チョコチップ入りミントアイスを食べ終える時――
（もっとも、その頃には、女神はもう娘らのことなど忘れて
小樽公園の、まだ蕾《つぼみ》の桜並木を、呑気《のんき》にそぞろ歩いていよう……）
――呪文にかかった娘らの性《さが》は、ふと悟るだろう。
瑞々しいこの季節が、ほんの束《つか》の間《ま》にすぎないことを

春の陽ざしに強《し》いられて
飛びたつ不如帰は
この束の間の季節を
せめて夢見心地に歌いつつ――
「さあ、わたしの愛する娘らよ
ひと時《とき》の自由の代償を、とこしえの追放で贖《あがな》いなさい……」

自由の国へ来たからには、もはや誰もが自由なのだから
(たとえ昼と夜が逆さまで、言葉もちんぷんかんぷんだったにせよ……)
事のすべてを、寝起きの一杯の薄いコーヒーと
割れてしまった自由の鐘の、最初で最後の一打《ひとう》ちに委《ゆだ》ねて
偉大な自由の女神の足下《あしもと》に、蟻《あり》の如《ごと》く群がる——振り仰ぐ
自由の女神は、春の女神などより、よほど性根《しょうね》が素直で
実に、コークもチョコチップ入りミントアイスも
この女神の足下から、あまねく世界へ広まっていったのだ。
「首都の桜は、ほんとうに夢のようですわ……」
春の女神に代わって、そう陽気に教えてくれたのは
メイドのセニョリータで、件《くだん》の女神は、また嫉妬するだろうが
それはさておき、ここは自由の国なのだ——ただ
その桜の満開を知ったのは、砂漠の町のカジノでのこと
(ここでは、賭博《とばく》をManifest Destiny「明白な運命」と呼ぶとか……)
首都の桜も砂漠のカジノも、どちらも自由の糧《かて》であるからには

この二つの間で、誰もが引き裂かれ、しかもあろうことか
わが自由の女神が、その両方に肩入れしていることに狼狽《うろた》え
「ならば、もっと自由を……」と
そんな、虚無的なことまで言いだす始末――が
当の女神は涼しい顔、ダウンタウンのドラッグストアで
「その言葉を、あなた自身へお向けなさい……」と
突き放すように呟《つぶや》いて、カウンターのベトナム移民の店員に
いかにも高貴な口ぶりで、日焼け止めクリームを注文する。
「夏の潮風に備えて、汗で流れにくいのにして頂戴《ちょうだい》な……」

夏の気怠《けだる》い日脚《ひあし》さえ、あたりまえに
寂《さび》れた銀座商店街を素通《すどお》りしてゆくというのに
いかに商売柄とはいえ、今日も道に迷い
ふと気づくと、また同じ場所をぐるぐる回っている

メナスンクル《東方の人》には、その信じるものがあり
スムンクル《西方の人》にもまた、その信じるものがある。
(あるいは、信じてなどいないと
　ただ信じたくないだけのことなのかも知れないが……)なので
あちこち行き来して詐欺紛《さぎまが》いの商売に勤《いそ》しむ、われらルートムンクル《四方の人》は
明け暮れ――
『願わくは　地上はますます富み
　天上はますます貧しからんことを……』
――そんな、罰当《ばちあ》たりな祈りを
行き迷う道のどん詰まりの、下水臭い喫煙所で捧げる

多賀田《たがた》氏に出会ったのは、ハゼ釣りに夢中の子供の頃のことで
地元の名家の出の彼も、まだ結婚したてのぼんぼんだった。
「今日も道に迷って、また迷子さ……」
錦町《にしきまち》の雑貨屋で、彼はそうぼやきつつ、コークをおごってくれたのだが
夏の気怠さのせいか、そんな彼を、子供心にもひ弱に感じたものだ。

多賀田氏との再会は、それから十年ほども経って小樽運河沿いにあるシティーホテルの喫煙室でのことだった。

彼については、それまで、女房子供を捨てて出奔《しゅっぽん》してしまっただの邪《よこしま》な商売に手を染めているだの、とかく悪い噂《うわさ》ばかりが聞こえていた。

「子供を亡くした母親に、これから芥子粒《けしつぶ》を届けようと思ってね……」

この日も、彼は真顔《まがお》でそう話したのだ——ただ
ずいぶん窶《やつ》れてはいたが、彼に以前のひ弱さを感じることはなかった。

「あれから、いかがでしたか……」

敢《あ》えてそんな聞き方をすると、あの夏の日を、彼も覚えていたのだろう
「近頃、やっとわかってきたよ……道に迷うから、迷子になるんじゃなくてもともとの迷子だから、道に迷ってしまうんだってね……」

そう答えてから、二本目のマールボロに火を点《つ》けたのだった。

それから、多賀田氏には会っていない。

あの夏の日は、遥《はる》か遠くなり
風の噂も絶え、足どりは杳《よう》として知れない

ルートムンクルに
行き迷う道はなく
足どりさえもない
『願わくは　かくの如《ごと》く来《き》たり
　　　　かくの如く去りゆかんことを……』

ひと組づつ

広大な自由の国の旅は、時を進めたり、また巻き戻したり
(そんな不都合も、格安ツアーでは値引きの対象外だとか……)
もともとの時差ボケ頭が、なおさら混乱をきたす。
それもそのはず――この国には
ゴミ箱派アーティストの奇妙なポートレートがあって
そのセピア色の肖像が伝えるところによると
自由の国の先住民、誇り高い赤銅色《しゃくどういろ》の人たちは
性根は素直だが新参者《しんざんもの》の、あの自由の女神の足下で
もともとの自由を求めたがゆえに、追放の憂《う》き目《め》にあったのだと云う。
まるで飢えと渇きの荒野をさ迷う、芥子粒のように――

そんな具合だから、自由の国の出国審査は
離婚届くらいあっさり受理《じゅり》されて、ポケットの底に溜まった埃《ほこり》に
防疫法《ぼうえきほう》違反の迷子の芥子粒を紛《まぎ》れ込《こ》ませるには好都合《こうつごう》。
もっとも、時差ボケ頭のまま、旅の汚れ物と一緒くたに
洗濯機に放り込んでしまわない限りは……での話だが。
そんな時差ボケ頭を乗っけて、また日付変更線を跨ぐ頃
ダウンタウンのドラッグストアを出た自由の女神は
うららかなサウスエンドアヴェニューを、そぞろ歩きつつ
「道に迷った時には、くれぐれも、あなた自身に迷わないようになさい……」
ふと、そう呟くのだ

二　苗床《なえどこ》を耕《おこ》す

——なに、自分まで裏返してみたって
　そりゃ、旅には間々あることでね——
「ルートムンクルの言葉」より

風呂場では、旅の垢《あか》が流され
脱衣場の洗濯機は、旅の汚れ物をゴトゴトかき回し
キッチンの出窓では、乾ききったベゴニアとゼラニウムが
はて、いつ振り向いてもらえるものやらと、ひそかに心を痛めている。
「あのひと、洗濯前に上着のポケットを裏返してみてたんで
どこからか、新しい種でも持ち帰ったんでしょうよ……」
でもそれは、この古株連中《ふるかぶれんちゅう》の、ただの取り越し苦労にすぎない。
始まりのない旅を始め、終りのない旅を終える——そんな
ご都合主義の手合《てあい》にありがちな、あの独特の無神経さなのだ。

ひと組づつ

いづれ銀行口座から、高い旅行代金が引き落とされ
人生の口座から、そのあらかたが引き落とされれば
キッチンの出窓で干乾《ひから》びてしまったベゴニアとゼラニウムにも
遅まきながら、悲しみの目は向けられるだろう。そして
脱衣場に忘れられたままの種は、やはりひそかに心を痛めるだろう。
「わたくしは、これまで
始まりのない旅の、その始まりへの旅をつづけて
終りのない旅の、その終りへの旅をしてまいりました……」

——時がどんなものかって
さあ、涙のようなものかねェ
いつも、ともにいてくれる——

「ルートムンクルの言葉」より

退勤時《たいきんどき》の入船十字街《いりふねじゅうじがい》
街路樹のナナカマドの実は赤く色づき

角《かど》のコンビニの店内には、いつも通りの時が流れ
その同じ時が、またいつも通りに巻き戻されてゆく。
入れ代わり立ち代わり、似たり寄ったりの客が訪れ
似たり寄ったりの客のまま去ってゆく――たまに
若いネパール人店員の、「ドモ、アリガトゴザァマス……」
そんな片言の日本語に、ふと微笑《ほほえ》む者がいて
このコンビニの店内に、せめてもの救いを与えてくれる。
俺もタバコを一箱買って
この若いネパール人店員に、ちょっとだけ微笑んで見せたのだが
彼はそれを、わかってくれたろうか
俺は、救いを与えられたろうか
そんな無益なことを思いながら、店の前でタバコを吹かし
いつもの入船十字街に目を向ける――そういえば
ここから少し港の方へ下ってゆくと、古いインド料理屋があって
昔から火のように辛いカレーを供《きょう》し、俺などは
汗どころか、涙まで流して食べる始末《しまつ》で
辛さには一向に慣れないし、また慣れる気づかいもないから

相変わらずというか、性懲《しょうこ》りもなく、涙を流し流し食べている。
亭主は、シーク教徒のインド人で
コックやウエイターも、みな親類縁者――なので
彼らは数えきれない輪廻転生《りんねてんしょう》を繰り返して、今ここにいる
悠久《ゆうきゅう》の時の流れに、涙とともに身を委《ゆだ》ねて――
西日に晒《さら》された店の扉を開ければ
スパイスの香りとともに、いつも通りの時が流れ
その同じ時が、またスパイスの香りとともに
いつも通りに巻き戻されてゆく

――この世に、夢じゃないものがあるのかって
いったいどこで、そんな夢を見たんだい――
「ルートムンクルの言葉」より

コモンツーリストの一行は、それぞれに重い荷物を抱えて
うそ寒い下町《したまち》のバスターミナルに降り立つ。

ひと組づつ

ビルの谷間に埋もれた寺で撞《つ》かれる入相《いりあい》の鐘が
あてどなく谺《こだま》し、やがて街の喧騒《けんそう》にかき消されてゆく。
予想外の長旅になって、みな足どりは重い――が
なぜか一行の疲れ切った顔に、不満の色はなく、むしろ
（はたして、これは夢を見ているのだろうか……）そんな
あてどない祈りにも似た不安の色が浮かぶばかり――たしかに
これまでの旅は、口を開けば文句ばかり
その不平にかこつけて、心細さを忘れることはできたのだ。
バスターミナルのトイレは、場所も汚れ具合も元のまま
一《ひと》ブロック先のホテルでは、一行の予約日がまちまちで
取り乱したフロントマンは、苦し紛《まぎ》れに聖職者に豹変《ひょうへん》し
まるで引導《いんどう》を渡すように、恭《うやうや》しくルームキーを差し出す始末
そのくせ、ルームナンバーは、それぞれの誕生日
食堂では、この前の残り物の、鮭とジャガイモと気の抜けたビール
ここにきて、一行は、はたと膝を打つ
（どうやら、旅の始まりに、また連れ戻されたようだ……）と。
にわかに食堂は活気づき、ありったけの鮭とジャガイモ

それに気の抜けたビールが振舞われ、みな機嫌も上々《じょうじょう》
仕舞《しま》いには、生真面目《きまじめ》なツアーコンダクターまでが酔っぱらって
あろうことか、明日の旅程を言いそびれる始末。
「では皆さん、おやすみなさい……今宵は、好《い》い夢を……」

——今夜どうだい……って
いつも通り軽く誘ったんだが
もう待ちくたびれたわ……ってさ
罪のない女だったんだねェ——

「ルートムンクルの言葉」より

冬を迎え、雪が二度、街を覆い
その雪は、舞い戻った暖気で、二度とも融けてしまったが
運河プラザに飾られたクリスマスツリーは
若い娘らを、すっかり真冬のいでたちに変えてしまったようだ。
今のうちに、庭に季節外れの苗床《なえどこ》を耕《おこ》して

根雪《ねゆき》になる前に、忘れていた種を蒔いておこうか。
「あんた、物笑いの種でも蒔くつもりかい……」
口の悪い五十嵐写真館の主人《あるじ》は、そんな皮肉を言って面白がるが
物笑いの種を蒔くのは、お互い様だ。
二度結婚して、二度とも女房に逃げられ、その後《あと》
二度心臓の手術を受けて、当の本人は
「まあ、三度目の正直って言うからな……」と、嘯《うそぶ》く。
「そりゃ、女の方かい……それとも、心臓の方かい……」
そんな皮肉も、ここでは、せめてもの救いとなる――ならば
こうして物笑いの種を蒔くことが
あの終りのないもの――さほど豊かでもなかった人生への
ひそかな未練と言ってしまえば、それまでだが――を終らせるための
罪のない秘訣《ひけつ》なのかも知れない。
五十嵐写真館を出て、白い息を吐きながら黄昏《たそがれ》の道をたどれば
西の空に低く、誘《いざな》うように宵《よい》の明星《みょうじょう》が輝いている。
遠からず、庭の季節外れの苗床も
いつもの年通りに、深い根雪に覆われるだろう

II

一　野の花

紀元二千六百八十年は、古風な数え方の新しい年で
まづは目梨泊《めなしどまり》に明け、祝津《しゆくづ》の岬を廻り
トド岩の背中をひと舐《な》めして、手宮《てみや》の銀の石油タンクに神々しく映える。
そして、寂れた港町の、雪に埋もれた家々の目出度《めでた》い門口を訪れる頃には
日を司《つかさど》る八咫烏《やたがらす》は、「カララク……カララク……」と鳴きながら
アカシアの木のてっぺんで、凍えた濡れ羽を、とうに乾かし終えている。
「おまえの黒髪は烏の濡れ羽色で、なんと麗《うるわ》しいことよ……
　寝乱れたその黒髪を、この世の見納めにしたいもの……」
そんな邪《よこしま》な欲望のうちに、熊襲建《くまそたける》が瓜《うり》のごとく二つに断ち斬られたとき
倭建命《やまとたけるのみこと》は、姿かたちのみならず、心さえも女そのもので

ひと組づつ

女の黒髪には、ことほどさように霊力の宿るものだが
今のこの時代、黒髪はとんと流行《はや》らない。
小樽厚生病院《おたるこうせいびょういん》の女医さんは、濃い黒髪だが
植木屋にでも刈り込まれたようなおかっぱ頭で
寝乱れもしない代わりに、からっきし霊力もなかろう。
「採血の本人確認のため、名前と生年月日をおっしゃってください……」
新しい年を迎えても、生年月日は古いままで
時代は二つ替わり、俺は余計に年を取ってしまったようだ。
「まだタバコをお吸いですね……生活習慣は、血液の数値に出るものです……
　旅行の際には、くれぐれもニトロをお忘れにならないように……」
霊力は、この世の呪縛《じゅばく》を断ち斬る瓜包丁《うりぼうちょう》で
俺の呪縛は、さしづめ血液の数値とニトロということか……
「どうぞ、お大事になさってください……ではまた、次の診察日に……」
この世の見納めというには、女医さんの濃い黒髪に少しの寝乱れもなく
俺は邪な欲望のうちに、また新しい時代へと踏み出してゆく

夜の街に、深々《しんしん》と雪は降り積み
日曜画家は夢のなかで、筆遣《ふでづか》いもあざやかに雪景色を描きあげる。
翌朝目を覚まし、イーゼルの描きかけの画を眺め返してから
古い商工ビルの二階にある会計事務所へと出かけてゆく。
ここに勤め始めた昭和の末頃、花園町《はなぞのちょう》の盛り場には
まだそれなりの活気と、今は忘れられた神託《しんたく》の一節が息づいていた
――運命の秤《はかり》は、永久《とわ》にその平衡を保たん――と。
『クラブ・デルフィ』の青色申告の書類に目を落としながら
老《ふ》けた日曜画家の脳裏には、ふと、そんな色褪《いろあ》せた記憶が蘇《よみがえ》ってくる。
神託の二節目を授けてくれたのが、この店の初代のママだった
――されば日陰の花ほど、あでやかに咲き匂うもの――と。
神託の巫女《みこ》は去り、盛り場は寂《さび》れて
雪あがりの夕暮れ
日曜画家は、昨夜見た夢の径《こみち》をたどりつつ
人通りもまばらな花園町の、老舗《しにせ》の画材店に立ち寄る。
「二月の雪……そんな画題なのだが……」
「なるほど……それでしたら、チタニウムホワイトをお使いなさい。

下に塗った色を、すべて覆い隠してくれますので……」

その夜
しばらくぶりにイーゼルの前に立った日曜画家は
これまで描いてきた画の上に、厚くチタニウムホワイトを塗り重ねてゆく。
二月の雪が、この世のすべてを覆い隠してくれるように……
昭和の最後の年の冬、『クラブ・デルフィ』の初代のママは若死にした。
無言のうちに、神託の三節目を遺して
——されど運命の秤を支えるは、かの死の白き指——と

雪の少ない年は、冬の終りの始まりも早く
そのぶん、いつもの年より春の始まりは遅く感じられる。
そんな季節の移ろいのようなあなたは、市民合唱団の一員で
休みの日は
春の芸術祭で披露する世俗カンタータのソプラノのパートを練習し
残りの日は
市役所の臨時職員のパート勤め。市民課の窓口に座るほかは、ひたすら

各種申請書類に印刷された「平成」の文字を消し、「令和」のゴム印を捺《お》し
有ったことを無かったことに、無かったことを有ったことにする。
「まるで、わたしの人生のようね……」
市民食堂の日替わりランチを食べながら
あなたは、いつになく明るく笑い……そして、わたしたちは
市庁舎の裏手にあるアイスクリームスタンドのだるまストーブの前で
春先の粗目雪《ざらめゆき》のようなコーヒージェラートを舐《な》め舐め
死んだ男たちのことを、あれこれ語り合う。
「死亡届は三通で、それぞれによく書かれてましたわ……」
「みな、自分で届けに来たらしいね……」
「ええ……本人確認は、本人しかできませんもの……」
「それで、無事火葬されたろうか……骨は、自分で拾えたろうか……」
「どうかしら……男の人って、とても心配性なのね……」
あなたはそう呟《つぶや》いて、さっきよりも明るく笑い……そして
あなたの影のようなわたしは、融け雪のぐだぐだ道に難儀《なんぎ》しながら
あの底抜けに明るい世俗カンタータのバスのパートを
いささか調子っぱずれに口ずさむ。

――さあ、奥の小部屋へ
色の過《あやま》ちは、有って無かったことに
罪の償《つぐな》いは、無くて有ったことに
ワフナ、ワフナ、ワフナ――

そして残酷な季節が訪れて
われら虚《うつ》ろな人間の、この強張《こわば》った肩に
透明で、ひと握りの灰のように軽い衣《ころも》を、音もなく着せかけてゆく。
女は、窓の外の夜空を見あげるわけでもなく
「オリオン座のベテルギウスは、もう明るい星ではなくなりました。やがて
この世から消えてしまうでしょう……」と
サテンの衣を脱ぎ捨てるようにさらりと言って、しおらしく微笑みかける。
ひと握りの灰となる者への、せめてもの慰めとして……
そして毒針をもたげた蠍座《さそりざ》に追われながら、オリオン座が西へ沈み
長い嘆きの夜が明けると、サテンの光沢は失せ
青いトタン屋根の隣家《りんか》のナナカマドの木では

群れからはぐれた一羽のキレンジャクが、しきりに赤い実を啄《ついば》んでいる。
創世《そうせい》の初め、女はナナカマドの木から造られたので
ナナカマドの木は、「森の淑女《しゅくじょ》」と呼ばれるようになったと云う。
それからというもの
いったい何時《いつ》、やすらかな季節が訪れて
この強張った肩から、たとえ束《つか》の間《ま》でも
あの、ひと握りの灰のように軽い衣を、剝《は》ぎ取ってくれたというのか……
五芒星《ごぼうせい》の苦い実に飽きたキレンジャクは
はぐれた群れを求めて、ひらりとナナカマドの木を飛びたってゆく。
創世の初めと同じように――そう
残酷な季節は、いつの時もわれら虚ろな人間に、しおらしく微笑みかけ
やがて雪解けの春
深い悲しみの大地から、わななきつつ萌《も》えでた野の花は
光沢の失せた森の淑女のサテンの衣の裾《すそ》を、とりどりに彩《いろど》ってゆく。
延胡索《えんごさく》、二輪草《にりんそう》、片栗《かたくり》、延齢草《えんれいそう》、菫《すみれ》――それらもまた
ひと握りの灰となる者への、せめてもの慰めとして

二　春によせて

一節　春の訪れ

折《おり》からの春一番は、雪解け道の砂塵《さじん》を高く巻き上げ
風の通り道にあたる建付《たてつ》けの悪い木造家を容赦なく軋《きし》ませ
揺れる心のまま
坂の街の住人たちは、風が通り過ぎてゆくのを待つばかり。
そんな折、妙見川《みょうけんがわ》沿いにあるジュースバーでは
寝起きの木花咲耶姫《このはなさくやひめ》が、バナナジュースを飲みながら
「わたくし、父をとても尊敬いたしておりますし、嫉妬深《しっとぶか》い夫と
出戻《でもど》りの姉が、ひとりおりますの……」と
人の好《い》いマスター相手に話している。
「それはそれは……とんと初耳で……」

「あら、マスター……たしか、去年も同じことをおっしゃいましたわ……」
「そうでしたか……お美しい方なので、お顔だけは覚えておりましたが……」
木花咲耶姫はストローをくわえたまま、にっこり微笑み
揺れる心のまま
人の好いマスターは、折からの微笑みに煽《あお》られるばかり。
「わたくし、風の向くまま花を咲かせて回っておりますせいで、どこか
気紛れな女に思われがちですの……」
「いえいえ……わたしに限って、決してそんなことは……」
木花咲耶姫は、ふと、愁《うれ》いを帯びた表情を見せ
「みなさん、同じことをおっしゃいますのね……」と
独《ひと》り言《ごと》のように呟《つぶや》いて、またにっこり微笑みかえす。
「ところで、これからどちらへ……」
「さあ……でもわたくし、もうここにはいられませんものね……」
ほのかな残り香をあとに、木花咲耶姫は去り
いつしか風は通り過ぎてゆく

二節　川に来るまで、川を渉《わた》るな

――警句《けいく》――

早春の儚《はかな》い妖精《ようせい》たちが、石ころだらけの土の塒《ねぐら》に帰る頃おい
「そうそう……ここがまだ蝦夷地と呼ばれていた頃
地図を作る偉いニシパ《旦那様》がおみえになり、あの山桜の木に凭《もた》れて
これから渉《わた》る川を眺めておいでででした。ニシパは、今も変わらず
地図を作ってらっしゃるのでしょうね……では、わたくしども
これから、うがいと手洗いをして眠りますので……」
そぞろそぞろに春もたけなわとなり
スーパーのレジの前に長い列をつくる街の住人たちは
買い過ぎたものより、買い忘れたものに心奪われ
ニシパの地図に無い、まだ見ぬ夢の川を渉ろうと
あっちへうろうろ、こっちへうろうろ
その艱難辛苦《かんなんしんく》ときた日には

ニシパの地図にある、ほんとうの川を渉る比ではなく
ゴミ収集車の、「サイタ、サイタ、チューリップノハナガ……」の歌に
毎度毎度《まいどまいど》急かされて、溜まった生ゴミは出さねばならないし
いささかたりと気を緩《ゆる》められるはずもなく
末永《すえなが》時計店《とけいてん》のショーウインドーに飾られた、安っぽいロココ調の置時計は
チューリップバブル期のチューリップ模様で縁取られ
いまだに十時十分を指したまま、動きもしなければ、売れもせず
まるで悪夢のように
街の住人たちの時は、進みもしなければ、後戻りもせず
いよいよ進退窮《しんたいきわ》まって――それでも
「きっと、何かの間違いだろう……」と言いつのり――
「いえいえ……ついこの間《あいだ》の事で、よもや間違いようもございません。
たしかに、あのニシパは、わたくしどもと同じ妖精の目をして
これから渉る川を眺めておいででした。きっと、今も変わらず……
では、いづれ目覚めの時まで……おやすみなさいませ……」

閑話休題《かんわきゅうだい》

わたしはレプンクル《海の外の人》の旅人で
旅に出てから長い歳月を経て、今や老境にさしかかろうとしている。
今朝見ると、庭に今年初めての亜麻《あま》の花が咲いて
薄紫の花と白い花が三つ四つ、しなだれた茎の先で可憐に揺れている。
朝《あした》に開き、夕《ゆうべ》に散る、儚《はかな》い花——今、ふと思うに
わたしには故郷と呼べるものがないのかも知れない。
生まれ育った地はあるが、それも
何かしら遠い離《はな》れ児島《こじま》のように感じられて、もはや訪《たず》ねるすべもない。
そもそも故郷がないのだから、よしんば旅を始められたにせよ
わたしは、いったいどこから旅立ったのだろうか。
わたしは旅立つはずのないレプンクルの旅人で
さほどの苦労をしてきたわけでもないが、今となっては
庭のベンチでゆっくり紅茶を飲み、タバコを吹かすのが、何よりの楽しみ。
時たま烏《からす》が様子を見に来るが、奴らもそう暇ではないらしく

しばらくすると、またどこかへ飛び去ってゆく――そう
どこか行くあてもなく、ましてや帰る故郷もない者の旅を
わたしはなぜか、これまでずっと旅だと信じ込んできたようだ。
わたしは帰るはずのないレプンクルの旅人で
口うるさいがしっかり者で、亜麻を育ててくれる妻がいる。
「今年も咲き始めたようだ……」
「あら、二、三日前からよ……」
「そうか、気づかなかった……」
「だって、朝咲いて、夕方には散っちゃってるもの……」
そんなやりとりも毎年のことで、苦笑するほかないのだが……
わたしはレプンクルの旅人で
わたしの旅に始まりはなく、終りもない

三節　修羅場《しゅらば》は始めにつくれ

——デヴィッド・シーベリー——

ムルクタウシ《粟殻捨て場》は住宅街に囲まれた小高い丘だが
ここに立つと、春の穏やかな石狩の海と
まだ残雪を頂く暑寒別山塊《しょかんべつさんかい》の神々しい姿が一望できる。
「おや、粟殻《あわがら》を捨てにおいでかな……」
偶《たま》には、ムルクタウシカムイ《粟殻捨て場の神》の姿も、お見かけする。
「いえ……あんまり好い天気なので、ちょっと散歩に……」
「まあ、よかろう……供養《くよう》は欠かしとらんので、いつでもおいでなさい……」
——その昔、天上の畑から粟の実を盗みだしたオキクルミ《文化神》は
己《おのれ》の脛《すね》を切り裂き、そこに禾《のぎ》ある実を隠して、地上へ降った。
神々は激怒して、すぐさま追っ手を差し向けた。六人の追っ手は
オキクルミの流した血の痕《あと》をたどり、地上の居処《いどころ》を突き止めた。
しかし、粟の種はすでに、人間の畑に蒔《ま》かれた後《あと》であった。

追っ手のうち五人は、歯嚙《はが》みしつつ天上へ引き揚《あ》げ
ムルクタウシカムイひとり、地上に残されたのだと云う――

「ところで神様、歳はおいくつになられますか……」

「歳とな……歳は、たしか無かったな……」

どうも話が通じないようだ。

「ここは眺めが好い……してみると、粟殻もずいぶん積み重なりましたね……」

「積み重なる……さて、どうかのう……わしは、粟は粥《かゆ》に炊くにかぎるがな……」

やはり話は通じない。

「ご健康そうで、なによりですね……」

「ご健康……もしや、パヨカカムイ《疫病神》のことかな……あいつは近頃《ちかごろ》きれいな嫁さんを貰《もろ》うてのう。それにひきかえ、わしはまだ独り身じゃ。天上と違《ちご》うて、ここじゃ、なかなか良い縁に恵まれんでな……」

ますますとんちんかんだ。

「神様、今日はお目にかかれて、嬉しゅうございました……」

「おや、粟殻は捨てられんのかな……まあ、よかろう……供養は欠かしとらんので、いつでもおいでなさい……」

あらためて目をやれば、穏やかな石狩の海と、暑寒別山塊の神々しい姿

暑寒別山塊は天上に近く、始めに冠雪《かんせつ》し、その雪は最後まで残る。
暑寒別山塊の雪が消えて、地上に夏は訪れる

III

一　夏の日々

道標《みちしるべ》

アカシアの六月
とある週末の夜明け前
噎《む》せ返《かえ》るような潮《しお》の香《かおり》に包まれた礼文《れぶん》のフェリー埠頭《ふとう》には
まだ鴎《かもめ》の姿も、その敵役《かたきやく》の烏《からす》の影もないが
煌々《こうこう》とともされた灯《あか》りは
すでに出航準備を終えた船舶作業員が、うっかり落としていったのだろう
うす汚れた手袋の片割れを、何かしら意味ありげに照らしだしている。

ひと組づつ

ひと組づつ

搭乗口には、深夜便の長距離トラックが列をなし
運転席では、夜通し走りつづけて疲れ果てたドライバーが
夢うつつに――どうにも、そうとしか言いようがなく――
うす汚れた落とし物のことを思っている
（いつものことだが……渡された伝票には、日付と届け先、それに
中身のわからない積み荷の数……ただ、それだけ……それにしても
いったい何の因果《いんが》で、ここに落ちてるんだ……）と。
その片割れも、船舶作業員の尻のポケットにねじ込まれた片割れも
いづれ捨てられる因果に変わりはないのだが……
午前四時
日の出とともにフェリーが出港してしまうと
灯りが落とされ、長距離トラックもいなくなった埠頭には
ただ、うす汚れた手袋の片割れが残されているだけ。
それは、腹をすかせた寝起きの鴎はおろか
霊界を見通す目を持つ鳥にさえ、まるで見向きもされないが
夢うつつに――やはり、そうとしか言いようがなく――
廻《めぐ》る因果の道標《みちしるべ》

（いつものことだが……黄ばんだ伝票に受領印が捺《お》されて、また
舞い戻ってくる……ただ、それだけ……もっとも
その時には、もう覚えてる者もいないだろうが……）と。
人は、うっかり落とされた手袋の片割れ
廻る因果の、うす汚れた道標
いづれ忘れられる因果に変わりはない……ただ
この道標を、因果が忘れることは、よもやあるまいが……
フェリーは茫洋《ぼうよう》とした海に、何かしら未練《みれん》がましい一筋の航跡を残し
陸《くが》あての目梨岬《めなしみさき》を大きく迂回《うかい》して、遠く旅立ってゆく。
「随分あったかくなったもんだ……」
「それにこの時刻、もう空が明るいのは嬉しいよ……」
到着便を待つフェリーターミナルから出てきた二人組は
シルバー人材センターから派遣された早番《はやばん》の清掃員で
ポリ袋と火ばさみを持って、外回りのゴミを拾って歩く。
「やっと山の雪も消えたし……」
「一番いいあんばいの季候だろうねぇ……」
利尻《りしり》の山頂に最後までへばりついていた雪も、ここ数日で、すっかり消え

まだ朝焼けの残る空の下《もと》、黒々とした山肌を見せている。
「たしか、あんたのとこは、七月のお盆だったな……里帰りはするのかい……」
「うん、墓参り方々《かたがた》ね……来月のシフトのことかい……」
「ああ……あんたが休む分は、俺が代わりに出てやるから、気兼《きが》ねせんで
ゆっくりしてくるといい……俺のとこは、月遅れのお盆だからな……」
「じゃあ、そうさせてもらうか……その代わり、八月にあんたが休む分は、
俺が埋め合わせるんで、お国でのんびりしてくるといい……」
二人組が歩いていった埠頭に、もう、あのうす汚れた道標はない。
麗《うるわ》しい季節
初夏の早い夜明け
アカシアの花の香りに包まれて、礼文の町は、まだ微睡《まどろみ》のなかにある。
人は、茫洋とした因果の海に船出する
夢うつつに――たしかに、そうとしか言いようがなく――
そして、何かしら未練がましい一筋の航跡を残し、遠く旅立ってゆく。
誰もが、うっかり落とされた手袋の片割れ
いづれ忘れられる、うす汚れた道標であろうとも

浦島子《うらしまこ》

声問《こえとい》は、すり鉢状の湾の底にへばりついた古い港町で
穏やかに晴れた夏の日には
あの浦島子の玉手箱《たまてばこ》から立ち昇る仄蒼《ほのあお》い煙のような
妙《みょう》に生臭《なまぐさ》い朝霧が深く垂れこめ
一旦《いったん》、海が時化《しけ》ようものなら
沸きたつ波のうねりは、浜昼顔《はまひるがお》の咲く砂嘴《さし》を断ち切って
仄暗《ほのぐら》い潮《うしお》が、魚影のようにモイレ川を遡《さかのぼ》ってゆく。
人はみな、そんな声問にへばりついて生き
朝《あした》に
海岸通りのカフェで、頭上の蠅を追いながら、不条理《ふじょうり》な愛を語り
夕《ゆうべ》に
まるで同じ場所、同じ言葉で、夢物語のような復讐を誓う
「わたしは、あなたに嘘を吐くつもりなどありません……
　これまでも、そして、これからも……」と。

むろん悪意などさらさらなく、むしろ小心者《しょうしんもの》の善意から――そう
嘘は、そんな善意から生まれるもの――
海浜《かいひん》の原生花園《げんせいかえん》に蚋《ぶよ》が湧く、この短い夏の季節
白亜《はくあ》のシーサイドリゾートは、待ちこがれていた善男善女《ぜんなんぜんにょ》で賑わい
声問は、恩着《おんき》せがましい善意に染まってゆく。
「失礼ですが……あなたとは、以前どこかで、お会いしたことが……」
ここでは、それはごくありふれた問いかけ。
「わたしを覚えておいでとは……いや、恐縮《きょうしゅく》に存じます……」
それさえも、ここではごくありふれた受け答え。
「実はわたし、このリゾートができる前からの会員でして……」
「やはりそうでしたか……わたしも、もっと、ずっと昔からの……」
「あの頃、ここには何もなかった……」
「ええ……深い朝霧が垂れこめるばかりで……」
彼らは一様《いちよう》に、そんな深い朝霧のなかから
それぞれの玉手箱を後生大事《ごしょうだいじ》に抱えてやってきて
最上階のスイートでひと夏を過ごす、ひとかどの人たちなのだ。
「奇遇《きぐう》ですな……あなたとは、なんだか話が合いそうだ……」

「この年になって……まさに、奇遇というものですな……」
「これも何かのご縁……お近づきになれればと……むろん、無用な詮索《せんさく》をするつもりなどありませんが……」
「それは、よいお心がけをなさっておられる……わたしの方こそ、ぜひ、お近づきに……」
善意は、あの浦島子の玉手箱から立ち昇る仄蒼い煙──
人はみな、そんな妙に生臭い善意にへばりついて生き……そして深い朝霧が晴れると、スイートの磨かれた窓の外には
祈りなきチノミシリの岬と、その対岸に、声なきホトゥイェウシの浜
その向こうは、底知れぬ綿津見《わたつみ》と、抜けるような夏の虚空《そら》
ただ、そんな浦島子の世界が広がるばかり
これまでも、そして、これからも──
「今も、ここには何もない……」
「ええ……深い朝霧が垂れこめるだけ……」
「どうやら、あなたも感じておいでのようだ……」
「おそらく、あなたと同じことを……」
スイートのモロッコ調サイドテーブルには

解かれた緋色《ひいろ》の組紐《くみひも》と、蓋《ふた》の開《あ》いた漆黒《しっこく》の玉手箱が
後生大事に置かれたまま
（善意は、自《みずか》らを欺《あざむ》く……）

夕映《ゆうば》え

『礼作《れいさく》より――』
便りは、そんな言葉から始まる
ただ、それが差出人の名なのか、あるいは差出地の名なのか
それとも、まるで違う何かなのか
わたしには、わからない
『短い夏が終ろうとしています――』
時候の挨拶は、ありきたりで
それがかえって、何かしら感傷的に思わせるのは
つづく、こんな一文のせいかも知れない

『夏の名残《なごり》の日々も、これからそう多くはないでしょう――』
それとも、長い旅の途上でこの便りを受け取ったという
わたし自身の事情が、そう思わせたのだろうか
実際、もう強がる年でもあるまい
老《ふ》けたわたしにとって、そんな夏の名残の日々すら
とうに過ぎ去った季節なのだから
『ふと気づくと、庭の隅から虫の音《ね》もしてきます――』
それにしても、こんな旅の空に便りが届こうとは
赤いスクーターに乗った配達員の若者さえ
「まさか、こんなところに……」
そう呟《つぶや》いて、憐れむような薄笑いを浮かべたものだ
道端《みちばた》の叢《くさむら》でタバコを吹かす、わたしの姿は
ひどくくたびれて見えたのだろう
『さて、どこからどう書きだしてよいものか――』
そんな始まりが匂わすとおり
主文は、とりとめもなく
さりとて、それを繕《つくろ》うレトリックがあるわけでなし

ひと組づつ

だらだらとつづいて、まどろっこしい
終りも……もっとも、あればのはなしだが……たぶん
始まりとさして代《かわ》り映《ば》えしないだろう
『心に浮かぶのは忘れたことばかりで、言葉にならず――』
言い訳するにしても、なんと奇妙な言《い》い草《ぐさ》だろう
しかし……つくづく考えてみれば、それももっともなはなしで
忘れたことの隠れひそむ先は、ただ心しかなく
そうして、時にふと、わたしたちの心の襞《ひだ》に浮かび
秘めたその姿を、それとなく垣間見《かいまみ》せてゆくのだから
『言葉にできるのは、心にもないことばかり――』
はたして正直なのか、嘘吐きなのか
はたまた善意からか、それとも悪意からか
それも、わたしにはわからない
『そのうえで、お読みいただくほかありません――』
ずいぶん虫のいい言い草だが
いづれにせよ、同じコインの表裏《おもてうら》というわけだ
『礼作より――』

はて、無駄な繰り返しだろうか
『思えば、便りはこの言葉に尽きているようです――』
どうやら、そうでもないらしい
一旦《いったん》、始まりに戻って、やっと本題に入れたようだ
ただ、秋めいてきた旅の空に、そぞろそぞろに日は傾いてゆき
手許《てもと》の文字も辿りづらくなってきた
わたしも一旦、便りをたたみ、目を遠く夕映えの空へやる
こんなとき、わたしの心はカラっぽになる
便りの主《ぬし》の言い草ではないが……どうやら
わたしの旅も、あの夕映えの空に尽きているようだ
これまでも、そして、これからも

※礼作（レーサク）……アイヌ語で「名無し」の意

巡り合い

愛内《あいない》のポプラ並木の両側は、山裾《やますそ》までつづく一面の畑
黒土《くろつち》はきれいに耕され、ちょうど秋小麦の種蒔きの季節を迎えていた。
そんなポプラ並木で、ふたりは巡り合った。
運命と思い込みとは紙一重《かみひとえ》
どうかすると同じコインの表裏——まあ、いづれにせよ
日ごろから浮《うわ》ついたところのないふたりは、真面目《まじめ》に惹《ひ》かれ合い
畑に鋤《す》き込まれた牛糞堆肥《ぎゅうふんたいひ》の臭うなか、肩を並べてそぞろ歩きつつ
男は、銀行の定期預金の満期が近いと話し
女は、賃貸マンションへの引っ越しが近いと話した。
ポプラは、聖なる囁《ささや》きの木
すっかり秋めいてきた風に揺れる無数の木の葉は
そんなふたりに、魂《たましい》の内なる声を、未練《みれん》がましく囁きつづけていた。
しばらくして、町で再会したふたりは
初めて入るワインバーで、ちびりちびりグラスを傾けつつ
ひと組づつ

男は、満期の定期預金が自動更新されたと打ち明け
女は、引っ越し荷物がなかなか片付かないと打ち明けた。
週末の夜のワインバーは、ふたりのようなカップルで賑わい
男たちは、満期の定期預金が自動更新されてゆくような
そんな人生を、まるで夢物語のように語り
女たちは、必要だった物が今のお荷物になってしまうような
そんな人生を、甘い微笑《ほほえみ》とともに語った。
ワインは、冥界《めいかい》の神ディオニソス
ここでは
心地よいワインの酔いが、悲劇の誕生の予感すら忘れさせてしまうのだった。
秋小麦の種蒔きが終るころ
日ごろから浮ついたところのないふたりは、真面目に惹かれ合い
町一番のシティーホテルの一室で、夜を共にした。
窓から見下ろす町の夜景は、まるで無数の宝石をちりばめたようで
心奪われたふたりは
夜空を煌々《こうこう》と照らす呪われた月にさえ、およそ無関心でいられた。
「これは、夏の浜辺で拾いました……」

男がそう言って、掌《てのひら》の丸い小さな石ころを見せると
女は口ごもり、戸惑《とまど》いの微笑を浮かべた。
無理もない、海で磨かれた、ただの石ころなのだから……それとも
女は、まるで違う何かを期待していたのだろうか……
(期待は、自《みずか》らを裏切る……)
男は、まるで違う何かを見せられもせず
女は、戸惑いのなかで男に抱かれた。
窓に射す月影だけが、そんなふたりを祝福しているのだった。
夜中に、ふと目を覚ました男は
ホームバーの止まり木に腰掛け、タバコに火を点《つ》けた。
ベッドには、疲れ果てたように女が眠り
カウンターの上には、あの石ころが、ぽつんと置かれていた。
男は、女にこう言いたかったのだろう
「長い年月をかけて海で磨かれ、この石ころには、ひとつの世界が
　できあがりました……そんな石ころを、わたしは見せたかったのです……」と。
やがて、止まり木を下りた男は、忘れないための用心からか
そのひとつの世界を、脱ぎ捨てた上着の内ポケットに忍ばせて

また女の温《ぬく》もりのなかへ、そっと潜《もぐ》りこんでいった

二　冬の日々

黄金《おうごん》の並木道《なみきみち》

ひと組づつ

とある雨あがりの朝
東雲《しののめ》の小路《こうぢ》から留辺標《るべしべ》を抜けて、住吉《すみよし》の市立病院へ
落葉松《からまつ》の落ち葉散り敷く黄金の並木道を
湿った足跡を残しつつ歩いてゆく、今日この頃。
そうでなくてもおっくうな月一度の病院通いが
これから雪の季節を迎えれば
ますます気が重く、なおさらおっくうになってこようものを……しかも
今どきの医者は、インフォームドコンセントと称して
「この疾病《しっぺい》は、生活習慣プラス、ご両親のどちらからか受け継がれた
遺伝形質によるところで……むろん、あなたが受け継がれたのは、

そのほとんどが正常なものでしょうが……念のために……」
そんな医学的見地から、三年越しの患者を迷路へと誘い込み
(……ちょっと帰り道には、留辺標からルーチシへ逸《そ》れて、地獄坂《じごくざか》の
カフェ・カシェットでエスプレッソを注文して、タバコでも吹かそうか……
あそこは、今どき珍しい喫煙者の天国だから……)
そんな背徳の念を抱《いだ》かせる。
両親はとうの昔に他界して、去る者は日々に疎《うと》し……のはずだが
医者の処方箋《しょほうせん》をたよりに、人影もまばらな黄金の並木道を辿《たど》れば
ルーチシから地獄坂への脇道《わきみち》に微《かす》かな足跡がつづき
(……ちょっと癪《しゃく》に障《さわ》るが……)
この、いい年をした迷い子を、それとなく導いてゆく。
そういえば、子供の頃に見たテレビドラマの台詞《せりふ》に
『……ちぇっ、わかっちゃないねぇ
人には、親譲《おやゆず》りの業《ごう》ってもんがあって
幸運は、業の上《うわ》っ面《つら》
不運は、業の下《した》っ面《つら》……ってね
詰まるところ、業あっての運不運

それが、人ってやつさ……』
というのがあって、いかにも与太者《よたもの》といった風体《ふうてい》の男の台詞で
ドラマの筋書きなどまるで覚えてないにもかかわらず
この台詞と奇妙な語り口だけは、ずっと耳に付いて離れない。
そんな与太台詞《よたぜりふ》が、ここにきて
こうして小春日《こはるび》の地獄坂をだらだらと下る段になって初めて
医学的見地からも裏付けられたというわけだ。
地獄坂のカフェ・カシェットは、文字通りの「隠れ家」で
扉を開けたとたんに、タバコとエスプレッソと澱《よど》んだ空気
そんな背徳の臭いが鼻をつく——ただ、ここに集《つど》う連中は
たしかに背徳者《はいとくもの》ではあるが、かといって、背信者《はいしんもの》というわけでもなかろう。
白い顎鬚《あごひげ》をたくわえたマスターの独白《モノローグ》に
『……忘れられてもしかたないが
萎《な》えた蓬《よもぎ》から人を造り
その人に業を吹き込んだのは
他ならぬ、このわしだ
もっとも、それからはずっと

ここに隠れ住んどるからな……』
というのがあって、はたしてそれが裏付けになるかどうか……ともあれ
この隠れ家の主《ぬし》に相応《ふさわ》しい独白には違いない。
『……なんだ、わかってるじゃねぇか
……ってか、あんた神様だろ……』
『……ほう、見かけによらず
なかなかの信心者《しんじんもの》だな……』
カフェ・カシェットの臭いを、親譲りの業に纏《まと》わりつかせて
地獄坂に舞い戻ると、また微かな足跡をたよりに
黄金の並木道を、とぼとぼと引き返してゆく。
（……ちょっと遠回りな帰り道になってしまったが……）

ノエル

粉雪《こなゆき》が舞う師走の街角《まちかど》に

遠くどこからかノエルの歌声が聞こえてくる。
年老いた男は、ふと呟《つぶや》く
「この世には、その名さえ呼び得ないものがある……」と。
隣に立つ若い男は、それにはまるで気づかぬ風《ふう》だ。
堺町通《さかいまちどお》りは、土産物屋が軒を連ねる観光のメインストリートで
常夜灯《じょうやとう》の立つ広場では、ツアーの一行がコンダクターから
束《つか》の間《ま》の自由行動の許可と注意を受けるのが慣《なら》わしとなっている。
このふたりも、そんなツアーのメンバーなのだが
若い男は、クリスマスシーンの通りの華やかさや
それ以上に華やいだ女たちの姿に、つい気を奪われたものらしい。
親子だろうか、年恰好《としかっこう》からすれば祖父と孫というに近いが……
すると年老いた男が、こう呼びかける
「友よ……」と。
若い男は、はっとして、年老いた男の顔に目を向ける
嘘のない、素直な眼差《まなざ》しだ。
年老いた男は、またぽつりと呟くように言う
「その名を、わたしは知らない……」と。

粉雪は小止《こや》みなく舞い
行き交う人のなかに、ノエルを口ずさむ者もいる。
若い男は、しかたなく
「先生も知らないことが……」
そう言葉を濁して、下を向く。
一度口にされた言葉は、二度と繰り返されることがないのだから……
ふと柔和な微笑《ほほえみ》を浮かべて、年老いた男は言う
「実はな、雪というものを見るのも初めてだ……」と。
ふたりは南の国から来たひとたちで
彼らの国では、雪は聖地の高山《こうざん》にしか降らず
その雪解け水は大河となり、彼らが暮らす褐色の大地を潤し
その水もまた、聖なるものとされる。
そんなふたりにとって、束の間の自由行動も
この街の雪景色の絵はがき一枚出すだけの暇《ひま》さえあれば、十分《じゅうぶん》なのだろう
堺町郵便局に立ち寄ると、若い男は
——雪は、聖なるもの
綿の実よりも白く

死者の肌よりも冷たく
触れれば、たちまち消える
この世に、これほど儚《はかな》く
これほど美しいものはない――

そんな詩を書いて故郷宛に送り、その傍らで
年老いた男も、しばらく口の内で自《みずか》らの詩を唱《とな》えていたが
やがて、諦めたように
「どうやら、わたしには出す宛もないようだ……」
そう呟いて、ぱたりとペンを置く。
オルゴール堂の時計台が、正午を告げる。
雪の彼方から聞こえてきたノエルは、この足下《あしもと》で歌われていたのだが
今はその聖歌隊の公演も終り、ただ音もなく粉雪が舞うばかり。
「友よ……」と
年老いた男は呼びかけて、こうつづける
「さっきは言い忘れたが、ノエルを聞いたのも、実は初めてでな……」と。
若い男は、にっこり微笑んで言う
「わたしも……でも、あの美しい歌声は、今も耳に残っています……」と。

するとと年老いた男は、ちょっと皮肉っぽく尋ねる
「その美しい歌声と、今おまえの耳に残っているものとは、
はたして同じものだろうか……」と。
若い男は、しばらく思案していたが、やがて
「同じようで違い、違うようで同じ……わたしには、そうとしか
答えようがないのですが……」と、恐る恐る言って
年老いた男の横顔を、ちらっと覗《のぞ》きみる。
ふたりが交わす会話の間合いは、束の間の自由行動と同じに
短いようで長く、長いようで短い――
年老いた男は、かさねて問う
「おまえはそれを、いったい何という名で呼ぶのだろうか……」と。
若い男は、はっとして、迷うことなく答える
「その名を、わたしは知らない……」と。
年老いた男は、さも満足げに頷《うなづ》くと
「この世は、そんなものの寄せ集めでできているようだな……」
そう呟くように言って、聖なるものが舞う虚空《そら》へ目をやる

原野《げんや》

街場《まちば》からの一本道が
わたしを突っ切って
温泉地のスキー場へとつづいている
わたしはヌプカの原野
根雪《ねゆき》になって、ふた月あまり
深い雪に埋《うず》もれて微睡《まどろ》む
この雪の白さを
わたしの目は見ようとしない
わたしは、もう知っているのだから
薄暮のような曇り空から
また音もなく雪が舞い降りる
この静けさを
わたしの耳は聞こうとしない
わたしは、もう知っているのだから

ひと組づつ

一本のいびつな榛《はん》の木が
仮死《かし》した枝を突き出している
このわずかな温《ぬく》もりを
わたしの心は感じようとしない
わたしは、もう知っているのだから
ふと、羽音《はおと》がして
群れから逸《はぐ》れたキレンジャクが一羽
榛の木に来て止まる
微睡みを邪魔《じゃま》された、わたしは
雪の白さに目を細める
群れを呼ぶのだろうか
その鈴の音《ね》のような囀《さえず》りは、しかし
静けさの底へと沈んでゆく
やがて、仮死した枝に
より確かな温もりを残して
キレンジャク、おまえは
また群れの許《もと》へと飛びたってゆく

ふたたび訪れた微睡みのなかで
わたしは思う――
わたしは知らない
知っていると思い込んでいるものを
わたしは知らない
そんなわたしだから
わたしは、わたし自身を知らない――と
そして、ふたたび羽音がするとき
わたしは思うだろう――
おまえは知っている
知らないと思い込んでいるものを
おまえは知っている
そんなおまえだから
おまえは、おまえ自身を知っている――と

復活《ふっかつ》

だいぶ日も長くなってきて、もうじき春の彼岸《ひがん》
とある湿っぽい夕暮れどき
そうでなくても寂《さび》れてゆくばかりの繁華街のどん詰《づ》まり
冬場は雪に埋もれて息を潜《ひそ》めていた、このスバル通りにも
ようやくぽつぽつと、人通りが戻り始めたようだ。
生臭《なまぐさ》い人の息は、この季節に限ったことではないにしろ
ぐだぐだの雪解け道には、泥靴で踏み荒らした乱雑な足跡
隅の吹き溜まりには、出所《しゅっしょ》不明《ふめい》のゴミと土気色《つちけいろ》にふやけたタバコの吸い殻
居酒屋の換気扇は、すでにフル回転で煙を吐き出し
焼き鳥や焼き魚の臭いが、道行く人の誰彼《だれかれ》かまわず纏《まと》わりついてゆく。
まだ宵の口で、雑居《ざっきょ》ビルの女神《めがみ》の登場には早すぎるが
古くからの常連の飲んべえ連中に交じって
サラリーマンの一団や、偶《たま》に家族連れだの、若いカップルだのも見受けられ
ほんのプロローグにすぎない、このスバル通りの春の一幕《ひとまく》を

それぞれの役回りで演じながら彷徨《さまよ》っている——そう
このシケた通りには
油まみれの焦《こ》げた焼き串に似た友情があり
無暗に潮《しお》の臭いのきつい牡蠣殻《かきがら》に似た愛があり
薄っすら血に染まる刺身のつまに似た家族の絆《きずな》があり
そして何より、どん詰まりの団欒《だんらん》がある——やがて
そんな団欒のうちに、夜の帳《とばり》が降りて
まるで廃墟だった雑居ビルに、色とりどりのネオンが灯《とも》されると
復活を遂《と》げた、このスバル通りに、ほんとうの春の幕が切って落とされる。
ただ、「ほんとうの」とは、得てして単純きわまりないもので
この一幕も、厚化粧《あつげしょう》の女神と、その大真面目《おおまじめ》な礼賛者《らいさんしゃ》さえ登場願えば
もう、それだけで事足《ことた》りる……なので、その他の端役《はやく》連中
名もなき男たちは、身勝手な愛を、心おもむくままに謳《うた》いあげ
名もなき女たちは、冷めた別れを、微笑に包《くる》んで謳いあげる
それが悲劇だろうが、はたまた喜劇だろうが、そんなことはお構いなしに……
そうして迎えた、ぐだぐだのエピローグのうちに
なおさら湿っぽくなった夜が更けてゆく。

創世《そうせい》の初めから変わることのない
そのどうしようもなく長い、それでいて、どうしようもなく短い夜
天上に星辰《せいしん》は煌《きら》めき
蒼《あお》く澄んだ月は銀河《ぎんが》を渉《わた》る
誰のためでもなく、それでいて、ただ仰ぎ見る者のためだけに……そんな
浄められた夜更け
妙見川沿《みょうけんがわ》いの夜間保育園では、女神の子らが眠りに落ちてゆく。
闇の底から立ち現れた園庭の大木は、創世神話に語られたチキサニの木で
子らの眠りは、その地中深く張った根に、危うく抱きとめられる
もう、それより深くは落ちてゆかぬようにと……そして
女神の子らは、まるで深淵《しんえん》を覗き込むように、無垢《むく》な夢を見る。
闇に小さな灯《あか》りがともり
無数の幼く澄んだ瞳に映《は》える――そう
子らが夢を見るのではない、夢が子らを見つめているのだ
創世の初めから、ずっとそうしてきたように――
やがて、勤めを終えた女神が迎えに来て、そっと揺り起こすとき
チキサニの木と夢とは、ともに跡形《あとかた》もなく消え失せ

女神の子らは、まるで初めてのように眠りから覚める。
それは——我《わ》がスバル通りが遂げたような
あの、ぐだぐだの復活ではなく——どうやら
ほんとうの復活のプロローグ

※チキサニ……アイヌ語で、春楡《はるにれ》の木

IV

一　長い列に並んだ新たな春は

四月の年金支給日
男は、いつものように
年代物のステーションワゴンを走らせて
郊外のショッピングコンプレックスの前を駆け抜けてゆく。
スーパーのレジの長い列に並んだ新たな春は
くすんだシルバーのボンネットに、うららかな光を投げかけ
頃合《ころあ》いに暖められた潮臭《しおくさ》い海風は
ちょいと凹《へこ》んだフロントバンパーをひと撫《な》でして、爽《さわ》やかに吹き過ぎてゆく。
そして男は――これこそ、至極《しごく》まっとうな天恵《てんけい》――と
この季節ならではの虫のいい幸福感に浸る。

新たな春は
長い緑の黒髪をなびかせて
いとも軽やかに
銀のショッピングカートを押してゆく
「いやはや、あなたは相変わらずお美しい……」
「あらまあ、随分お上手だこと……」
「滅相《めっそう》もない……昔から、ちっともお変わりになりません……」
「当節《とうせつ》、見た目の印象は、何にもまして大切ですものね……」
「もしや、とっておきの秘訣《ひけつ》でも……」
「いやですわ、人聞きの悪いことばかりおっしゃって……それに
わたくし、年金も頂戴《ちょうだい》しておりませんのよ……」

白髪頭《しらがあたま》の年金受給者を乗せて
銀のステーションワゴンは、出来損《できそこ》ないの市街地をのろのろ走り
廃業した開明湯《かいめいゆ》の跡地にできた三十分百円のコインパーキングに停まる。
足代わりの愛車を乗り捨てると、男は年相応《としそうおう》の身のこなしで

開閉バーの脇をすり抜け、一方通行の二番街へと歩きだしてゆく。
二番街は、時代がかったこの港町のメインストリート
入口には、守護聖者アシリパイカラのブロンズ像がたたずみ
右手に萎《しな》びたジャガイモをのせ、左手に頭と骨だけになった鮭《しゃけ》をぶらさげ
泣き笑いの表情で、かつての『北のウォール街』を見つめている。
どこまでも神々《こうごう》しいその面差《おもざ》しは、寂れゆく港町の証《あかし》であり、また救い
そして何より、この街路には、歴代の善き市民の誇りが敷き詰められている。
路《みち》ゆく人は、みな
アシリパイカラに、真の守護聖者の姿を見て
先途《せんど》の安寧《あんねい》を祈りつつ、その足許《あしもと》に
心ばかりの小石をひとつ供えてゆく
「おまえさん、何か食べ物はあるかね……」
「守護聖者様、あいにく持ち合わせがございません……」
「そうか……なら、銭《ぜに》でも構わんが……」
「わたくしとしたことが、面目至極《めんもくしごく》もないことで……」
「そうか……まあ、あまり気にするでない……」
「そうはおっしゃいましても……あなた様の深甚《しんじん》のご恩を思いますれば……」

「なんの、神のみぞ知り給《たも》うことよ……それに、近頃なぜか、観光できた
若い娘らに人気でな……長生きした甲斐があったというものじゃ……」

ひと組づつ

善き人のたどる路
男は、いつものように
しばし立ち止まって、背筋を伸ばし、見慣れた街の様《さま》や行き交う人の流れを
まるで飼い馴らされた獣《けもの》のように、どこか虚《うつ》ろな眼差《まなざ》しで見渡す。
それはまさに、あの至極まっとうな人生の列に並んできた者のしぐさ
そして男は――この路は、いつも微笑《ほほえ》みかけてくれる――と
いつの頃からか身に沁《し》みついてしまった感慨に耽《ふけ》る。
それから男は一《ひと》ブロック歩き、北門銀行《ほくもんぎんこう》の本店に立ち寄ると
ふた月分の生活費と雑費をおろし、得心《とくしん》が行くまで通帳の残高を確認する。
そんな男を目ざとく見つけて、顔なじみの店長代理は
いつの頃からか身に沁みついてしまった愛想笑《あいそわら》いとともに、慇懃《いんぎん》に会釈《えしゃく》する。
　店長代理は隙《すき》のない人物
秩序と慣習のなかに生きて

その柔和な物腰《ものごし》にさえ
いささかの心の遊びもない
「これは、ご機嫌麗《きげんうるわ》しゅう……」
「いつもながら、ご丁寧に……」
「それにしても……悠々自適《ゆうゆうじてき》のご身分、じつに羨《うらや》ましい限りです……」
「だといいが……寿命と同じで、貯蓄も目減りする一方《いっぽう》でね……」
「まさか、あなたのご資産で……それは、ご謙遜が過ぎましょう……」
「気のせいかな……近頃なんだか、列が乱れてきてるように思えてね……」
「思い過ごしだとは存じますが……いかがでしょう、信託を少し
増額してみられては……このご時世、人生何事も
至極まっとうに思えるに越したことはございませんので……」

善き思いのたどる路
男は、ずっと、この路を信じて歩いてきた——むろん
時に迷い、時に足を踏み外しかけたりもしたが、その度《たび》に
この路に敷き詰められた、あの善き市民の誇りが、男を繋ぎ留めてくれた。

北門銀行の隣は、小樽軟石《おたるなんせき》で建てられた大正不動産の本社ビル
半ブロック先に、瓦屋根《かわらやね》の棟《むね》に一対《いっつい》の鯱《しゃちほこ》が逆立《さかだ》つ末永時計店
その筋向《すじむか》いがポートタウンテイラーで、先代は樺太《からふと》からの引揚者《ひきあげしゃ》
妙見川《みょうけんがわ》をはさみ、格式ばった構えの小樽グランドホテルと
輸入車専門の栗林交易の煌《きら》びやかなショールームが並んでいる。
やっとローンを完済した家も、限定モデルの腕時計も、仕立の好《よ》い背広も
身に余るほど盛大な結婚披露宴も、アメリカ製のステーションワゴンも
これまで男の身を飾ってきたものは、すべてこの路が与えてくれた。

善き思いは、誇りを生み
誇りは、欲望を生む
欲望は、人を飾り
人は、さらなる欲望を生む

「ところで……いったい、どんな列なんでしょうねぇ……」
「さあ……長らく並んでますが、いまだにはっきりとは……」
「すると……ここが列の先頭かな……」
「ひょっとすると……一番後ろかも……」
「もしもし……そこの、身なりの好《い》いお三方《さんかた》……」

「ああ、ちょうどよかった……あなたなら、年恰好《としかっこう》といい、身なりといい
この列のことを、よぉくご存知のはず……」
「さぁて……わたしは、ただ、列を乱していただきたくないだけでして……」

年古《としふ》りた街路樹
長い列に並んだ菩提樹《ぼだいじゅ》の並木は、ようやく芽吹きの季節を迎え
その淡い新緑は、くすんだ単色の路に、どこか懐かしげに微笑みかける。
男は、ほんのひと時、若やいだ心をとり戻して
それまで足許に落としていた目を、ふと、木の間《こま》へやり
まるで強《し》いられたように、あてどなく碧《あお》く澄みわたる虚空《そら》を仰ぎ見る。
それはまさに、あの見知らぬ路を独りさ迷いゆく者のしぐさ
そして男は——これこそ、至極まっとうな路——と
これまでずっと気づかぬ振りをしつづけてきた、その思いに
今さらながら、溜息《ためいき》まじりの苦笑《くしょう》を漏らす。
年古りた者の未練がましさからか、男はタバコを吹かしながら
どこか寂しげに虚空を仰いでいたが、やがて諦めたように吸殻《すいがら》を揉《も》み消すと

また足許に目を落として、来た路をとぼとぼと引き返してゆく。
二番街は、年とともに貫録《かんろく》をつけ
見るからにお金持ち
虚空《そら》の路は、いつまでたっても青二才《あおにさい》
どう逆立ちしてみても貧乏人
「あの男、時々ぼーっと、きみを仰ぎ見ているようだが……」
「ええ、いつの頃からか……もう、だいぶ経ちますがね……」
「わたし同様、あの男も年をとった……これまで、よくしてやったがな……」
「そうですとも……あの方が身を飾れたのも、あなたのお陰です……」
「ああ……あの男には、多くを与えてやった……もっとも……そのぶん
あの男から、多くを奪ってもきたがな……」
「ですが……それは、本人にもわかっていたはず……」
「たぶん……うすうすはな……」
「ぼくなどは、奪うどころか、何ひとつ与えられませんもの……」
「最近、つくづく思うのだが……どうやら、きみのように
奪わないことこそが、最上のものを与えることになるらしいとね……」

二番街の入口で
男は、あらためてアシリパイカラの尊顔《そんがん》を拝《はい》し
今一度、すがるような苦笑を浮かべる。
守護聖者の泣き笑いの表情は
「おまえさんの足許は、はなっから見透かされておるようじゃな……」と
もうだいぶ前から、語りかけてくれていたのだが
それでも男は、いつもの微笑みに誘われるまま、二番街を歩きつづけてきた。
守護聖者の足許に、願掛《がんか》けの小石をひとつ残して――
二番街を後《あと》にした男は、ステーションワゴンの窓をいっぱいに開け
流れこむ春風の心地よさに、身も心もゆだねて
郊外のショッピングコンプレックスの前を駆け抜けてゆく。
そして男は、長い付き合いになる足代わりの愛車に向かって
三度《みたび》、語りかけるように苦笑して見せる――それは
何かを奪われたことへの……いや、多くを与えられたことへの
男なりの復讐《ふくしゅう》のしぐさ。
　新たな春は

スーパーのレジの長い列から列へと
ほのかな残《のこ》り香《が》を後《あと》に
風のように渡り歩いてゆく
「おやおや、意外に買い物好きでらっしゃる……」
「女は、とかく暇《ひま》どりますの……でも、そろそろお暇《いとま》しませんと……」
「二番街に沿って風越坂《かざごえざか》へ抜けると、偏西風《へんせいふう》にお乗りになれますよ……」
「ご当地の殿方《とのがた》は、様子が好《い》いばかりか、教養もお具《そな》えですのね……」
「ええ……ところで……虚空《そら》には、あなたの路がおありなのでしょうか……」
「いやですわ、お揶揄《からか》いになって……あなた、もうお気づきのはず……」
「うすうすは……ですが、はっきり知ってしまうのが怖くもあり……」
「ほほほ……なんて素直なお方だこと……それはそれとして……やたらと
人様にお聞かせするようなことでもなし……それに、こう見えて
わたくしも人一倍臆病者《おくびょうもの》ですのよ……」

二　長い列に並んだ老いた秋は

九月の、とある夕《ゆうべ》
秋は人知れず、それでいて大股に
尾根伝いの路を風越坂《かざごえざか》まで降りてくると
ふと立ち止まり、眼下に広がる坂の街を眺めやる。
夕映えが、虚空《そら》を茜色《あかねいろ》に染めあげる頃おい
その荘厳さのお零《こぼ》れか
寂れゆく港町のたたずまいにも、ちょいとそぐわぬ風格が添えられる。
ちょうど引き潮どき
築港《ちっこう》を後にした舞鶴《まいづる》行きフェリーは、鏡のように凪《な》いだ海に白い航跡を残し
日和山《ひよりやま》の岬を大きく迂回《うかい》して、仄暗《ほのぐら》い外海《そとうみ》へと乗り出してゆく。
まるで夕映えのなかへ融け入るように……
　年齢不詳の秋は
案外、律義者《りちぎもの》

ひと組づつ

守護聖者アシリパイカラと

まづは、時候のご挨拶

「暑い夏でしたが、二番街の老先生、お変わりありませんか……」

「ああ、おまえさんか……夕映えの色合で、来たのはわかっておったよ……」

「近時《きんじ》、季節の変わり目……お歳ですし、くれぐれもご養生ください……」

「律儀なのはわかるが、おまえさんにそう言われてもねぇ……」

「ごもっとも……他の三人にくらべ、なにぶん影の薄いわたしですんで……」

「まあ、それもそうじゃな……で、おまえさん、それが不満か……」

「いえ……そのぶん、気儘《きまま》にやってます……性《しょう》に合ってるというか……」

「はっはっはっ……この春のことじゃが、あの別嬪《べっぴん》さん

自分は人一倍臆病者だと言っておった……一皮《ひとかわ》むけば、あれで

孤独な復讐《ふくしゅう》の天使なのかもな……が

どうやらおまえさんは、生粋《きっすい》の楽天家らしいな……」

年金暮らしの男もまた、ふと思いたち

上野通《うえのどお》りに面した家の窓を開けて、家並《やな》み越しに虚空《そら》を仰ぎ見る。

ひと組づつ

夕映えに染まる虚空の荘厳なたたずまい
それは見慣れた景色でもあり、それでいて、初めて見る景色でもある。
その謎を解き明かすように
夕映えのたたずまいは、刻一刻とうつろいながら
やがて夕闇に後《あと》を託すかのように、人知れず西の山稜《さんりょう》に消えてゆく。
普段は気紛《きまぐ》れな時《とき》の精霊《せいれい》たちが、その秘めやかな終焉《しゅうえん》へ捧げる
まるで締まりのない、それでいて　どこか敬虔《けいけん》な祈りのなかで……
そして男は――これこそ、至極《しごく》まっとうな終焉――と
今さらながらに思い、心を絞りだすかのような深い溜息《ためいき》を吐《つ》く。

敬虔な祈りの最中《さいちゅう》も
時の精霊たちは、まるでお構いなし
あっちでひそひそ……こっちでひそひそ……
噂話《うわさばなし》に余念《よねん》がない
「ねぇねぇ……春は、孤独な復讐の天使だって……」
「まさか……あの美貌で、みんな虜《とりこ》にしてしまうのに……」
「よく言うだろ……綺麗な薔薇《ばら》には棘《とげ》があるって……」
「たとえそうでも……あの魅力には、とうてい抗《あらが》えないよ……」

「それって、ただの思い込みでしょ……人一倍臆病者だって噂だし……」
「臆病者っていえば……年金暮らしのあの男、また溜息を吐いてたわよ……」
「へへ……溜息は、人間の習《なら》い性《しょう》だもの……」
「でもさぁ……あれを聞くと、おれたち、調子狂っちゃうんだよな……」
「そのくせ人間は、溜息をみーんな、わたしたちのせいにしちゃうわ……」
「そうそう……過去がどうの、将来がどうのって……」
「じゃあ……今は、いったいどうなのさ……」
「ちぇっ……溜息を吐く人間に、今なんてもん、あるわけないだろ……」

上野通りのバラード
この小路《こうぢ》の名前にまつわる、ふたつの由来譚《ゆらいたん》
ひとつは、明治維新の頃、東京の上野から流れてきた旧幕臣《きゅうばくしん》の一家が
この通り沿いに住み着いたのが始まりだというもの。
もうひとつは、戦後間もない頃、通りの角《かど》に上野というタバコ屋があって
格好の目印になっていたからだというもの。
さらには

旧幕臣の借家は、狭い棟割長屋《むねわりながや》で、それもひどいあばら家だったとか
タバコ屋の名は、本当は「かみの」で、亡命ユダヤ人の一家だったとか
そんな、まことしやかな尾鰭《おひれ》までついて
何やら謎めいたバラードに仕立てあげられている。
旧幕臣の子孫も、ユダヤ人の子孫も、とうに死に絶えてしまったが……
　路という路に
死は流れ
死者の路に
秘められたバラードは流れる
「おやまあ……もう、町場《まちば》へ降りてらしたんですね……」
「この生粋の楽天家……ふと、あなたのバラードが聞きたくなって……」
「これはお恥ずかしい……わたしは御覧のとおり、似たり寄ったりの
建売住宅が並ぶ、ただの小路ですんで……」
「いえいえ、卑下するには及びません……
例の由来譚、あのバラードのつづきが聞きたくって……ぼくも
今日は、ちょいと吟遊詩人《ぎんゆうしじん》を気取って来てみました……」
「どうりで……今日のあなたは、とても若々しくてらっしゃる……」

「ここだけのはなし……『別嬪の孤独な復讐の天使は、見かけによらず、死者のバラードがお好きらしい……』と、さっき二番街の老先生がにやけた顔でおっしゃってましたよ……」

心を空虚《から》にするかのような深い溜息を吐くと
男は、ふと、秋の訪れを感じて
いつになくしみじみと、暮れなずむ家の小さな前庭《まえにわ》を眺めやる。
柄《がら》にもなく、抒情詩人を気取ってか
それとも、男なりの復讐のしぐさか――
風にそよぐジューンベリーの可憐《かれん》な緑の葉も
ドウダンツツジの植え込みも、やがて燃えるように紅《あか》く色づくだろう。
妻が挿し木から育てた数本の薔薇は、まだちらほら名残《なごり》の花を咲かせ
終焉の時を待ち受けるしぐさで、凛《りん》とたたずんでいる。
終焉の時――そう
いままでずっと気づかぬ振りをしつづけてきた、その時を
男の空虚《から》の心は、ここにきて、やっと受け入れられたようだ。

復讐のしぐさには
香り高い春の薔薇を
終焉のたたずまいには
名残の秋の薔薇を
「今日のあなたの眼差《まなざ》しは、いつもと違いますね……」
「いつも、きみたちには癒《いや》されてるんだが……」
「いいえ……初めて、じっと見つめてくださいました……」
「そうか……きみは、すべてお見通しのようだな……」
「ええ……それで、復讐のお相手は……」
「ああ……やっとわかったよ……これも、きみたちのお陰だ……」
「春の薔薇も、さぞや喜びましょう……」
「ずいぶん回り路して……結局、辿り着いたのは
今まで並んできた、あの至極まっとうな人生の列ってやつだ……
年金生活者の、失笑ものの落《お》ちだがね……」
「ちょっと、回り路が過ぎたようですね……ただ、わたしとて
遅咲きの秋の花……どうか、復讐の恙《つつが》ない終焉を……」
「願わくは、きみ、名残の薔薇のたたずまいのように……」

死者のバラードを口ずさみつつ
吟遊詩人気取りの秋は、黄昏《たそがれ》の上野通りをそぞろ歩く。
家々の窓に灯《あかり》がともり
秋刀魚《さんま》を焼く匂いや、カレーを煮込む匂いが漂ってくる。
黄ばんだ街灯に、恋のお相手でも待ちわびているのか
細い蜻蛉《かげろう》が一羽《ひとり》、影絵のように張り付いている。
律義者の秋は、ふと、口をつぐみ
影の薄い中年男の身なり、しぐさで、街灯の縁《ふち》をそっと撫《な》でてゆく
風貌から察するに、恋のバラードは苦手とみえる。
そして秋は、そんな中年男のまま
年代物のステーションワゴンのボンネットに浅く腰掛けると
都会派詩人を気取って、ちょいと足を組み
また、低くバラードのつづきを口ずさむ。
　死者のバラードは
死んでこそ生きる命

生粋の楽天家が
調子っぱずれに口ずさむ
「恙なく、死を迎えられましたか……」
「ずいぶん、はっきりおっしゃいますね……」
「生きたまま死んだも同然の命なら、早くケリをおつけなさいな……」
「ただ……そうあっさり言われると、なんだか拍子抜けして……それに
今日のあなたは、まるでちょっと前までのわたしを見てるようで……」
「それなら……なおさら迷いなく死ねるじゃありませんか……」
「ははは……今が、あなたのような楽天家の季節でよかった……」
「よく、捉《とら》えどころのない奴《やつ》って言われますがね……ところで、どうです
明日は気分転換に、このステーションワゴンで遠出でもなすったら……」

死の翌朝
男は、ぶらりと
足代わりのステーションワゴンを走らせて
まだ朝霧の立ちこめる海岸通りを駆け抜けてゆく。

愛車のフロントバンパーやシルバーのボンネットを撫でた潮臭《しおくさ》い海風《うみかぜ》が
この変てこな死者を祝福するように、ちょいと湿っぽく吹き過ぎてゆく。
ゆうべの秋は、ほのかに熟《う》れた麦の匂いをさせていた——
ふと、そんなことを思い出して
男は、風越坂からつづく山間《やまあい》の路を、ヤムワッカの峠へと登りつめてゆく。
山向こうの台地は、一面に広がる熟れた小麦畑
そして男は——これこそ、至極まっとうな天恵《てんけい》——と
死の翌朝ならではの虫のいい幸福感に浸る。

　熟れた麦の長い列に並んだ
　老いた秋は
　刈入れの時を
　独りぽつねんと待ちわびる

「おや……おまえさんも来とったか……」
「ゆうべ、あなたから、熟れた麦の懐かしい匂いがしたものですから……」
「わしゃ、こう見えて、『豊穣《ほうじょう》の秋《とき》』などと呼ばれておるからな……」
「ところで……今日のあなたは、たいそうお歳を召されてますが……」
「生粋の楽天家は、たいがい年齢不詳でな……」

「ゆうべのあなたは、ちょっと前までのわたしを見てるようでした……
ならば……ゆくゆくは、今日のあなたのようになるのでしょうね……」
「はっはっはっ……で、おまえさん、それが不満か……」
「滅相《めっそう》もない……それが、道理なら……」
「道理ねぇ……まあ、よかろう……それにしても
おまえさんは、よくよくの石頭らしいな……なんとなれば……
年齢不詳のこのわしが、今のおまえさんの目には、たまたま
そう見えるってだけのはなしじゃからな……」

あとがき

あとがきに代えて、くどいようだが詩をもうひとつ。

サロベツ原野は、北海道の北部、日本海に面した広大な曠野《あれの》だが、その風景は、今のわたしの心に、いちばん親しいものだ。

サロベツ原野

「サロベツ」はアイヌ語で、「葦原《あしはら》を流れる川」のこと

河骨《こうほね》は、監獄の堀に咲く花で
そこから、なかなか逃れられないでいる。
かく云《い》う俺も
生まれながらの監獄暮らしで

塵に帰った親父《おやじ》の代から数えれば、もうずいぶん長くなる。
もっとも、親父の親父は先の戦争で若死にしたらしいから
その歳まで数に入れるのは、ちょっとばかり酷《こく》というものだろうが……
だから、運よく監獄の堀を逃れでた河骨のことも
人様よりは、多少わかっているつもりだ。
睡蓮《すいれん》のように水面《みなも》に咲く黄色い花で
見かけるのは、たいがい使い途《みち》もない曠野《あれの》の澱《よど》んだ沼沢地《しょうたくち》。
蚊柱の湧く夏の季節
泥炭層から沁みだした水溜まりに咲く、昔馴染《むかしなじ》みの奴《やつ》らに出くわすたびに
——こんなところに逃れでて
　しかも、あんな幸せ色に咲いてやがる——
俺は、そう呟《つぶや》いて
やっかみ半分の苦笑を漏らさずにはいられない。
——えっ……おまえは、今のおまえに不満なのかって……ちぇっ……
　そいつは、自分自身に問いかけるためだけにある言い回しだぜ——
奇妙に縮《ちぢ》こまってゆく、この娑婆世界《しゃばせかい》では
自問自答などというまどろっこしいことは、とんと流行《はや》らない。

問う者は、問うことばかりに忙しく
答える者は、答えることばかりに忙しく
あげく、どっちつかずの、棚上げと先送りが関の山。
こんな思わせぶりな世界の果てに
茫々《ぼうぼう》の曠野は、まるで素知らぬ顔をして横たわる。
片隅に立つ一本の葦は
自らを支え
見晴《みはる》かす葦原すべてを支える。
(支えるとは、支えられること……)
日本海を渡る気紛《きまぐ》れな風が吹けば
一本の葦は歌い
蕭々《しょうしょう》として葦原も歌う。
(それは、自問自答する葦の姿であり、独白《モノローグ》……)
俺はというと、ひとり
鳶色《とびいろ》に染まる街の人混みを
居場所がないことにすら無頓着《むとんちゃく》に、ただ闇雲《やみくも》にほっつき歩く。
支えることもなく

支えられることもなく
口ずさむ歌も枯れはてて――
どこも代り映えしない街角を、ひとつ曲がるたびに
ほっと安堵《あんど》して、振り返る。
（それは、あの棚上げと先送りに付き物のこと……）
薄汚れた街路に、ひょろ長く伸びるのは
悔いと諦めに縁《ふち》どられた、俺の歪《いびつ》な影法師。
ビル風に煽《あお》られ、少し前のめりに歩きながら
ふと、昔馴染みの同朋《どうほう》を思い出す。
――君とは、監獄の同じ房で寝食を共にした仲だっけね……たしか
雑居ビルの屋上で、人に懐《なつ》かない鳥を飼ってるって言ってたが……
あの鳥はどうしたね……まだ人に懐かないままかい……それとも
もうどこかへ逃げだしちまったかい……いやね、たぶん我ら輩《ともがら》
奴なんかより、よほど臆病だろうからね――
いつから、そんな癖《くせ》がついてしまったものか
また性懲《しょうこ》りもなく、たったひとりの道連《みちづ》れ、影法師に呟いている。
――曠野に立ちます神よ

我らを、憐れみ給え
せめて、一本の葦を憐れむほどに――

小樽の坂に建つ寓居にて
飯山　登

飯山登詩集

2023年9月24日　初版第1刷発行

著　　者　飯山　登
発 行 者　中田典昭
発 行 所　東京図書出版
発行発売　株式会社 リフレ出版
〒112-0001　東京都文京区白山 5-4-1-2F
電話（03）6772-7906　FAX 0120-41-8080
印　　刷　株式会社 ブレイン

ISBN978-4-86641-657-1 C0092
Printed in Japan 2023